www.casasolaeditores.com

El cuento de la guerra

Eduardo Bähr

Título: EL CUENTO DE LA GUERRA
Autor: Eduardo Bähr ©
—1a ed, 1971

PREMIO NACIONAL DE CUENTO
ARTURO MARTÍNEZ GALINDO, 1971.
Escuela Superior del Profesorado,
Tegucigalpa, Honduras.

Edición Casasola Editores 2013 ©
106 p. 5.25 x 8 pulgadas

ISBN: 978-0-9887812-9-0

Casasola Editores
215 East Hill Rd. Brimfield MA. 01010
(413) 245-3289

Portada y contraportada: Mario Ramos
Diseño y diagramación: Oscar Estrada
Conversión a epub por: Casasola Editores

Impreso en Estados Unidos.
© Casasola Editores

info@casasolaeditores.com
eldaguerro@gmail.com/el.daguerro.@gmail.com

El cuento de la guerra
Eduardo Bähr

SOBRE EL AUTOR:

Eduardo Bähr nació en Tela, Atlántida, el 23 de septiembre de 1940. Estudió Lengua y Literatura y Letras Hispánicas en universidades de Tegucigalpa, Honduras y Cincinnati, USA. Docente de la Universidades Nacional Autónoma y Pedagógica Nacional de Honduras; cátedras de Español, Literatura, Periodismo y Teatro. Ha realizado consultorías sobre temas de Realidad Nacional; Arte y Literatura; Derechos Ciudadanos; Comunicación, Corresponsabilidad Social y Ciudadanía Crítica. Autor de cuentos, textos teatrales, textos para niñas y niños y cuadernos de Educación Popular. Es actor de teatro, desde 1965; y cine, participó en las películas: *No Hay Tierra sin Dueño*; *Utopía*; *El Viaje de Suyapa*; *No Amanece Igual para Todos*; *Corazón Abierto*; *La Casa de la Justicia*. Director de teatro de la Escuela Superior del Profesorado. Teatro Universitario. Teatro Nacional de Honduras. Teatro de la Universidad de Cincinnati. Ha recibido los reconocimientos: *Premio Nacional de Literatura Ramón Rosa. Premio Nacional de Literatura Martínez Galindo. Premio Nacional de Literatura Itzamná de Bellas Artes; Premio Nacional de Literatura José Trinidad Reyes* de la UNAH y *Premio Mundial Medalla Gabriela Mistral*, Chile en 1995, en ocasión del quincuagésimo aniversario del Nobel a la escritora chilena; sólo por esta ocasión para cincuenta intelectuales y escritores en el mundo, incluyendo a seis premios nobel. Se ha desempeñado en los cargos de Director Editorial Universidad Pedagógica Nacional. Director Biblioteca Nacional de Honduras. Presidente CPTRT y Vicepresidente MADRE TIERRA-Honduras.

ÍNDICE

Fundador:
JULIAN LOPEZ PINEDA

El Día

Diario Libre - Doctrinario - Informativo

MIEMBRO DE LA SOCIEDAD INTERAMERICANA DE PRENSA

AÑO XXII   N° 6930

SABADO 5 DE JULIO DE 1969

REPUBLICA DE HONDURAS
AMERICA CENTRAL
TEGUCIGALPA, D. C.

Motagua empató
con Universidad
Católica de Chile

Gobierno
realidad

Balanza comercial con El
Salvador es desfavorable

Por
Ambrar Santamaría y Zaldaña

COLEGIO QUIMICO CONTROLARA
ABUSOS EN VENTA DE MEDICINAS

INSTITUCIONES RESPALDAN L
POSICION DEL PODER PUBLIC

Fábrica de alambre y empresa de
productos lácteos son fundadas

Resolución
la solicitud

HONDURAS DEBE DIVERSIFIC/
E INCREMENTAR LA PRODUCC

Campaña de descrédito contra
Honduras auspicia El Salvador

Abastecimiento
de agua potable
en El Paraíso

LA NOTA POLIT

Consejo
Liberal
de Tela

DONATIVO DE FIRMA HONDUREÑA A
CUERPO DE SERVICIOS EJECUTIVOS

PROYECTO PARA HONDURAS APR
CONSEJO CULTURAL EN TRINII

LA CARICATURA DE LA SEMANA

Deforman la verdad y la geografía

GUATEMALA

HONDURAS

NICARAGUA

La Santidad tiene una sandalia para su pescador, la perversidad reserva una hoto.

Corrales Padilla a la Rectorí

TRANSPORTE A LA CIUDAD
UNIVERSITARIA

EL SALVADOR VIOLA EL ESPA

Ejército ametralla el edificio de adu

Fundó:
JULIAN LÓPEZ PINEDA

AÑO XXII   Nº 6923

VIERNES 4 DE JULIO DE 1969

REPUBLICA DE HONDURAS
AMERICA CENTRAL

TEGUCIGALPA, D. C.

El Presidente López Arellano recibió en su despacho a periodistas de la vecina república de Nicaragua, enviados para cubrir los últimos acontecimientos.

El espejo aéreo hondureño que violaba por la frontera. Una patrulla de la Fuerza Aérea Hondureña comprobó esta hecha no impreciso a inmiscuirse en la población de Ocotepeque, aproximadamente a veinte kilómetros de la frontera de El Salvador, dentro del Departamento de Lempira.

La Fuerza Aérea Hondureña se había abstenido hasta el mo

— Pasa a la Pág. 15 Letra J

Carías Castillo informa a Plaza sobre violación

Tegucigalpa, D. C.
3 de julio de 1969
Sr. Excelencia Galo Plaza,
Secretario General OEA,
Washington, D. C.

Tengo a honra hacer conocimiento Vuestra Excelencia que a las doce horas de hoy, el avión, el pasaporte hace constatar el que lo de numerosas numero 60 de la vecina república hondureña AABM fue objeto de un ataque por parte fuerzas salvadoreñas cuando despegaba aeródromo ciudad de Nueva Ocotepeque, sita a veinte kilómetros de frontera, lo hemos advertido autoridades ectroviarios tratan de justificar esta invali

— Pasa a la Pág. 15 Letra A

Tenaz y vigo El Salvador

TEGUCIGALPA, Honduras, 3 de julio. — Al aumentar positivamente el hecho de que el gomez no mexicano habia aceptado su intención los intereses de Honduras en El Salvador, a pesar de que ya antes había aceptado representar también los de las autoridades en Honduras, el canciller Carlos Castillo, doctor Tiburcio

Mexico en vela tras referenda como de Centroamérica.

Vivísimamente saludo decisión del gobierno mexicanilla Carlos señala que el hecho de que la gestión el salvadoreño diario Anguel decisión demuestra continua y el canci lista con como el mexicano a su propia trayectoria

El Sector Carlos Castillo con Sua Exelencia de pobreza a efectuad en la llería, pero después de edif la renuncia mexi pobreza honduraña.

Deriva la actividad motivo de explotar aceit

ORGANIZACIONES SE SOLIDARIZAN CON COMITE DE DEFENSA CIVICA

Nueva comunicación de organizaciones sociales, cívicas, políticas y gremiales han llegado a la redacción de EL DIA manifestándose con el Comité de Defensa Cívica Nacional en su plataforma frente a la crisis hondureño-salvadoreña y afirmando su contingente moral y material en el actual momento que vive la nación.

Entre las organizaciones de referencia se destacan las siguientes:
Frente General Liberal Ramón de Bucifá, el Comité Central del Partido Nacional en su Maquita (sección femenina), la Asociación Hondureña contra la Poliomielitis y Asociación Cooperativista del

Los periodistas nicaragüenses rodean al Presidente López Arellano en la conferencia de prensa que les concedió en Casa Presidencial.

central de Honduras, el Subcomité Cívico de la Dirección General de Educación Artística y Extensión Cultural, el Comité Local pro Defensa Nacional de Cortes, el Instituto Alma Latina, de la nueva comunidad el Sindicato de Trabajadores del Ferrocarril Nacional de Honduras, el Comité pro Defensa Nacional de Olanchito, el Comité Departamental de del Partido Liberal y del Partido Nacional que hicieron un documento conjunto el cual se destaca al Partido Unionista Centroamericano y la Confederación de Trabaja

— Pasa a la Página 5 Letra V

Taca suprime vuelos a Tegucigalpa

La Taca Internacional, tiene el violento de la semana pasada, previa cita derrumbó un San Salvador hacia Honduras, el mismo día en que D. CA que esta a causa a Tegucigalpa aunque y ha suspendido sus vuelos políticos con Honduras de manera a nuestro país.

Taca también suprimirá a Tegucigalpa de su itinerario donde

Aeron Centro Americano, (CA-CA) se inició en Honduras. Así conoció aun presente informa y desde ayer continúen sus primeros vuelos apoyados por la suspensión.

— Pasa a la Página 3 Letra U

CENTRO HONDUREÑO-ARABE SE PONE A ORDEN DEL GOBIERNO

El Centro Hondureño Árabe, S. A. de Tegucigalpa, es miembro de Sociedades General Extraordinaria, por ocasión de su crisis que vive en el siguiente pronunciamiento.

CONSIDERANDO: Que a raíz del acontecimiento que han venido suscitando en las vecino República de El Salvador, lo Honducho e Integridad territorial de la República de Honduras se encuentran seriamente amenaza

CONSIDERANDO: Que es deber ineludible de todo ciudadano Hondureño, defender los intereses de la Patria cuando ésta se lo circunstancia pensada.
CONSIDERANDO: Que los miembros del Centro Hondureño

— Pasa a la Página 16 Letra F

Gobierno aplicará ley de inmigración con energía

Por RAMON MORONES

TEGUCIGALPA, Honduras 3 de julio. — El Licenciado Virgilio Banegas, Ministro de Gobernación y Justicia de Honduras, anunció que su país aplicará con toda energía la ley de inmigración a todos los 300,000 salvadoreños residentes aquí.

Calculó el funcionario que con 250,000 salvadoreños de los residentes y inquirido que tal vez a la pila se se aplicaría físicamente.

Explicó que ya antes no se habían aplicado la ley con toda energía, por motivos de fraternidad centroamericana, hasta ahora y los salvadoreños viven libremente en Honduras sin disfrutar a nuestra patria ha

Lo siguiente ahora sería drástico agregó, "porque no las numerosas de los salvadoreños a su hospitalidad no solviron el reclamitro de fútbol del salvadoreño de julio pasado en San Salvador nos demostraron que han vivido

ocasión de respeto que nosotros asistamos para por ellos".

El Licenciado Urmicola Banegas dijo que el pago que se hará a los salvadoreños evacuaría
ros de Honduras para que legalmente se efectúen y se negocie en su difícil que ido en el salvadoreño Pele la bandera, pero insistir de su hueste.

Para saldeadamente del que pasando, evalúa el funcionario que su país dio definitivamente a las facilidades para que la diligentes salvadoreñas le legal

liaran aquí. Sin embargo, agregó, si algunos quieren de la las restantes, llamados que no les estaban.

"En este sentido, el comportamiento
— Pasa a la Pág. 16 Letra X

Cursillistas de Cristiandad llaman a paz

El Secretariado de los Cursillos de Cristiandad de nuestro país, ha suscitado una carta abierta por el hondureño de El Salvador, manifestando toda su simpatía por los cursillistas de nuestra nación y porque hallen de la unidad de toda la

El texto del mensaje de los cur

— Pasa a la página 16 Letra R

Ex-Secretario de la Presidencia se declara inocente en Nicaragua

Profesor José María Zelaya, "soy inocente del delito que se me imputa".

En Nicaragua, el ex-Secretario de la Presidencia, en la Bogadi ley, por motivos de fraudulenta Hondureño, el profesor José María Zelaya, se ha declarado inocente del delito de "abuso centroamerica" en justicia en el sentido Antonio y ante Real Criminal.

Los diarios nicaragüenses han publicado como "el caso Zelaya" y esta conocidísimo hasta hoy

— Pasa a la Pág. 3 Letra R

FACULTAD DE QUIMICA DESMIENTE CARGOS FORMULADOS POR DECANO

El mensaje radiográfico de la Facultad de Química y Farmacia de nuestro país, De José Salano, Vicerrector, encargado en cargo de agrónomos hondureños, refuta contra declaración que con respecto de aquel que nos encabeza, y señala que aquel que el Decano no es justo...

han hecho los días 11, 14, 15 y 16 de julio.
En un acto medular, el más médicos hondureños del panel...

La crisis enderezada y la cuestión honduras-mexicana de la diría pronunciarse esto solicitó y porque su país en relación con dolosos hondureños violen virgo contra hondureños residentes aquí en San Salvador nos encontrado los compartimos que los

TERCERO: Condenar enérgicamente los actos diabólicos a que se está sometiendo el hondureño residente en El Salvador, por motivos de la balotista, por lo cual total nacional, CUARTO: LA AGENDA:

PRIMERO: Combatir enérgicamente la crisis hondureño-salvadoreño por si la posición de tanto anverso físico los del El Salvador y poblado la dignidad del pueblo y gobierno de Honduras.

SEGUNDO: Solidarizarse en forma total con mutuamente decisión que el Gobierno de la República

COMUNIDAD HEBREA APOYA LAS DECISIONES GUBERNAMENTALES

La Comunidad Hebrea de Tegucigalpa, ante el clima de emergencia nacional que atraviesa el país, comunicó oficialmente por intermedio de esta nota oportunas tomar en el enérgicamente por el Gobierno de El Salvador en perjuicio de los intereses de Honduras y la dignidad nacional, CONSIDERANDO QUE:

Helmut Zacher, El Samuel Gui herman, Alberto Sottom Zucot Rubén Pennanmoury.

La señora Piedad de industria de toda ciudada pertenece de la Comisión pertenece de Mujeres logo con un reporte DIA, vistazo el clima malidad y por que con y que fue comprobada personalidades inte les que participaron cien clausurado del

Anulan Plan de Arbitrios de Puerto Cortés

El Presidente de la República, General Oswaldo López Arellano, en emitió un Acuerdo a través del Ministerio de Gobernación y Justicia, mediante el cual anula el Plan de Arbitrios elaborado que la Municipalidad de Puerto Cortés.

De acuerdo al documento referente, tal anulación fue hecha en vista de que es menester Plan de Arbitrios fue elaborado sin contra de lo establecido en la Ley de Municipalidades y del Régimen Político, al ser alterados por la imposición de tasas anuales no a par la creación de nuevos renglones impositivos, que es muy fácilas que compete a establecimiento el Congreso Nacional de la República.

El Presidente de la República recomendó ordena la vigencia del Plan de Arbitrios de cual no alteraba.

PRENSA DE GRA

Fenicios

Con el maravillo es diario de grande mente que porque Marín de los Bobres de la Latina. ya el siguiente informe espectacular a la...

UNA VISIÓN CALEIDOSCÓPICA DE LA GUERRA

Helen Umaña

"El cuento de la guerra -tal como ocurre con *La balada del herido pájaro* y otros cuentos de Julio Escoto y *La ternura que esperaba* de Marcos Carías representa la puesta al día, con relación a Latinoamérica, de la narrativa hondureña. Un libro, pues, que marca pautas y derroteros: la exploración por estratos anímicos que colindan con el inconsciente a través del monólogo interior; la ruptura de la secuencia lineal y la aplicación de diversos puntos de vista en el mismo cuento. Su acertado y bivalente título -que ya en sí mismo es irónico- alude tanto al contenido general del libro como al trasfondo de las mentirosas y manipuladas versiones oficiales del enfrentamiento bélico, las cuales fueron "puro cuento", para emplear la conocida expresión popular a la que alude el texto que le da nombre a la obra.

Ordenando secuencialmente las alteradas piezas de la historia, en *Tarzán de los gorilas*, vemos que un soldado -apodado "Tarzán"-, atormentado por su forzada participación en la guerra, agrede a sus compañeros y deserta. Por órdenes del teniente Vega, varios hombres lo buscan y, durante la expedición de búsqueda, capturan a un soldado enemigo al que cuelgan de las manos. Para hacerlos pasar por los de Tarzán, recogen unos huesos encontrados en un cementerio destruido por las bombas. Con el alto al fuego, llegan observadores internacionales. Este resumen es elemental; el relato construido por Bähr posee un diseño complejo con la presencia de diversas instancias cronológicamente alteradas que el lector tiene que acomodar. Además, el autor se revela dueño de las técnicas innovadoras de la narrativa contemporánea.

Así, cuando el narrador testigo vigila al prisionero, el monólogo interior directo posee extraordinaria fuerza poética. Una refinada meditación sobre la vida, la muerte, la guerra inútil, la intromisión de intereses ajenos al área centroamericana y la esencial hermandad entre los combatientes.

En *El cuento de la guerra*, un anciano salvadoreño, residente en Honduras, durante el entierro de los supuestos restos de su hijo, deplora la pérdida de sus dos hijos, soldados del ejército hondureño, uno muerto y el otro desaparecido. De extrema ternura es el monólogo interior directo del adolorido padre. En un libro que apunta hacia los móviles de una guerra cuyo origen radica en los intereses económicos de los sectores poderosos de los países implicados (Estados Unidos, El Salvador y Honduras) no podía faltar el señalamiento a las grandes trasnacionales del banano. Así, Pichardo -tal el sobrenombre del viejo- consumió buena parte de su vida como trabajador en la United Fruit Company, empresa que dejó cesantes a miles de trabajadores por haber participado en la huelga bananera de 1954.

Los héroes de la fiebre combina la forma epistolar con el punto de vista del narrador protagonista. Un soldado -Hernán-, desde el frente de guerra, le dirige varias cartas a su padre, Lisandro Vega. Entre recuerdos y recomendaciones expresa su temor por el origen salvadoreño de éste. Además de las cartas, la visión se completa con la riqueza sicológica de otro monólogo interior indirecto. Los tres cuentos anteriores, aunque piezas independientes, conforman una unidad. Uno aclara aspectos de los otros. Así, Hernán resulta ser "Tarzán"; el teniente Vega es su hermano Leonel y Pichardo es Lisandro Vega, padre de los dos.

Datos sobre los termites en una enciclopedia para niños y *Epílogo pánico* –a mi juicio, de menor calidad literaria que los cuatro cuentos reseñados- constituyen un contrapunto alegórico y simbólico sobre la guerra. El primero, remontándose a tiempos antiguos, desarrolla una parábola sobre supuestos "termites", destructores de libros y documentos.

Epílogo pánico -un relato de teatral efecto ubicado en la corte papal de Alejandro V (Rodrigo Borgia) concita a reconocidos personajes de la historia en medio de los cuales -con su famoso libro en la mano- campea Machiavelli. Los manejos de la guerra, tras bambalinas, tuvieron carácter "maquiavélico", interesadamente manipulado por medios de comunicación y agencias internacionales.

Crónica de un corresponsal no alineado destaca justamente, este detalle. Un relato que, a manera de "collage" recoge cables cifrados y fragmentos de entrevistas y notas periodísticas y radiofónicas. Mediante distintos enfoques se ofrece una visión caleidoscópica de la guerra. O, para ser más exactos, una aplicación de los principios del cubismo en la narrativa hondureña. Especialmente interesante es la deformación lingüística en los supuestos cables. Con ella se ironiza sobre su palabrerío inútil, lleno de frases sin respaldo real, obedientes al parte oficial.

Tegucigalpa, 2010.

PREMIO NACIONAL DE CUENTO
ARTURO MARTÍNEZ GALINDO, 1971.
Escuela Superior del Profesorado,
Tegucigalpa, Honduras.

JURADO:
Sergio Ramírez Mercado (Nicaragua)
Ramón Oquelí   (Honduras)
Lionel Méndez Dávila (Guatemala)

Fundador:
JULIAN LOPEZ PINEDA

o XXII   N° 6901

REPUBLICA DE HONDURAS
AMERICA CENTRAL
TEGUCIGALPA, D. C.

El Día

Diario Libre - Doctrinario - Informativo

MIEMBRO DE LA SOCIEDAD INTERAMERICANA DE PRENSA

Gobierno rechaza torpe acusación de Genocidio

El Gobierno de Honduras, en reunión...

misión de Derechos Humanos cibió informe de la Cancillería

Canciller de la República, doctor Tiburcio Carías Castillo, entrega la documentación de Honduras a la Sub-Comisión de Derechos Humanos de la OEA.

uerpo Diplomático goza e una libertad absoluta

eneral López Arellano explica e Honduras no es país agresor

López Arellano envía nota a Díaz Ordaz

El ciudadano Presidente de la República ha enviado a su colega de México, el siguiente cablegrama:

Tegucigalpa, 4 de julio de 1969.
Excelentísimo señor
Licenciado Gustavo Díaz Ordaz,
Presidente de los Estados
Unidos Mexicanos
México, D. F.

Estimado Señor Presidente: Pláceme ampliamente manifestar...

SANCHEZ HERNANDEZ CREA IMPUESTO DE EMERGENCIA

El Gobierno de El Salvador acaba de decretar un nuevo y grave impuesto...

RIDICULAS INFORMACIONES SOBRE IMAGINARIA ENFERMERA DE LOPEZ

CRONICA PARLAMENTARIA

MIEMBROS DE LA ASAMBLEA DE COSTA RICA EN TEGUCIGALPA

No se autoriza la colecta de contribuciones

El Comité Cívico Pro-Defensa Nacional ha declarado...

Richard Nixon hará visita a seis naciones

WASHINGTON, 4 de julio.

Retorna presunto autor de masacre de Los Laureles

Una familia salvadoreña, que el llamado del gobierno...

Esta foto, lograda con teleobjetivo al soldado y las cu...

En El Salvador manda el General Medrano, no el General Sánchez

Una guardia de honor presenta armas al Presidente Fidel Sánchez Hernández frente a la Asamblea Legislativa en San Salvador. Las armas presentadas hicieron creer que el Ejército salvadoreño estaba equipado con el moderno rifle M-16 del Ejército norteamericano. Pero el fusil fue identificado como el M-60, de 7.62 milímetros, utilizado por la NATO. Es un arma semi-automática que se fabrica en Estados Unidos y Bélgica.

Dice esta Carta Abierta

"RESOL PRESIDENTE"

Carias Castillo denuncia insidiosa campaña publicitaria cuscatleca

Comerciantes e Industriales defienden la soberanía patria

CENTRO UNIVERSITARIO REGIONAL DE LA CEIBA

El Rector Arturo Quesada momentos al inaugurar el Centro Regional de La Ceiba

---

Instituciones Respaldan al Comité Cívico

Pronunciamiento Emiten Liberales y Nacionalistas

Fundador:
JULIAN LOPEZ PINEDA

AÑO XXII   N° 8938

MARTES 8 DE JULIO DE 1969

REPUBLICA DE HONDURAS
AMERICA CENTRAL
TEGUCIGALPA, D. C.

El Salvador si a familias de

Por Guillermo Pagán

CECILIO ZELAYA LOZANO GANA RECTORIA DE LA UNIVERSIDAD

Licenciado Cecilio Zelaya Lozano, electo Rector de la Universidad.

Doctor Jorge Haddad Quiñones ganó Vice Rectoría de la UNAH

MILITARES CENTROAMERICANOS PARTIRAN HACIA LA FRONTERA

Correo Explica Lentitud en la Entrega de Cartas

El Edén conden

CARIAS CASTILLO REITERA QUE SE CUMPLIRA RECOMENDACION

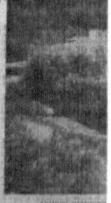

COMISION DI

I

Pues mire, eso fue ya en el tercer día de la guerra. Como a las cinco horas ya me estaba poniendo medio nervioso. Me le iba cerquita y le matraqueaba el fusil y sonriéndome para darle confiancita; pero él no hacía ni una mueca, miraba de medio lado, bien serio y sin bosticar palabra.

En realidad no había soltado ni un solo quejido desde que lo agarramos hasta este momento. Yo me quedaba viéndolo también así de ladito, sin tratar de encontrar sus ojos y lo rodeaba haciéndome el disimuladón. Francamente, no le puedo explicar qué me pasaba.

No comprendía por qué se me venía a la mente un montón de cosas de no sé qué, así de repentino, una detrás de otra, como pedazos de palabras que habían dicho amigos o familiares; o partes de caras conocidas pero que no le hubiera podido decir de quiénes eran, y recuerdos de cosas que había vivido desde hace tiempos.

Empecé a pensar en la calaca rondando por aquellos lados y se me erizaron los pelos. Era que estaba solo en aquella montaña con aquel hombre silencioso y aquella niebla tupida y aquel frío cabrón que me comía la cara, perdonando la palabra.

Pero palabrita que lo que es miedo no era, se lo juro. Y para que vea, aquí donde me ve, yo le puedo contar pasadas de esta guerra jodida que he vivido con todo el pellejo, porque el hombrecito este que usted ve aquí ha estado en los tres frentes, volando riata en Llano Largo y El Aceituno, cambiando el pellejo en San Marcos y Agua Fría, en esas montañas en que caen tucos de hielo en vez de gotas, hasta que me mandaron para acá, para el frente invicto de Colomoncagua, a palear las trincheras éstas que le cuidaron las tierras al General López.

Cualquierita le puede contar quién soy yo, que hasta tengo un mapa en las costillas y esquirlas de granadas; cualquiera le puede contar, menos los que se quedaron para los perros.

Lo que pasaba es lo que le digo, que yo tenía más de cinco horas de estar con aquel jodido; aunque de veras que no tenía nada de ganas de hablarle, sólo de mirarlo despacito. Así que, dígame, qué podía hacer. Dejarlo ir no, porque yo mismo lo había agarrado. Y usted, vamos a ver, qué podía hacer de haber sido yo, estando allí con un prisionero que no hace ni siquiera un movimiento, ni un ruido siquiera, ¿ah?; ¿qué me dice de estar teniendo que cuidarlo porque así le han ordenado que lo haga y no poderle pegar un tiro para terminar el asunto, porque no puede hacer bulla de los nervios que anda; y sin poderle meter el yatagán porque no le han dicho que lo acabe sino que lo cuide hasta a saber cuándo putas, perdonando la palabra.

El asunto es que allí estaba, tal como lo habían dejado mis compañeros; sólo que un poquito hinchado el pescuezo, pero colgado de las manos y con las puntas de los pies apenas tocando la tierra.

Pues ese día me aguanté de hablarle, como le digo. Por la tardecita abrí unas latas y me las comí delante de él, sin verlo y bebí de la catimplora, y cuando terminé dije como si estaba hablando con el aire, que el que por su gusto muere aunque le haga buen invierno; y el jodido siguió bien serio y no dijo nada.

Entonces me fui a acostar detrás de una peña, le quité el seguro a la pistola y me la puse en el pecho. Desde ahí me fijé en que la gravilea era grande y que la rama en que estaba colgado se había combado y de lo alto caían unas flores zapoteadas. Después medio me dormí, un poco bien al principio, pero después tuve pesadillas y aquella noche se me hizo bien larga y en la madrugada la neblina se me escurría por el casco y me mojaba las orejas.

Estuve temblando bajo la colcha hasta que salió el sol.

II

El teniente dijo hay que buscar a Tarzán y yo le dije pero señor si Tarzán se perdió desde anoche y a saber para dónde se fue y a lo mejor es que se desertó y el teniente se puso colorado y dijo hay que buscar a Tarzán y yo le iba a decir otra cosa pero él dijo agarre usted a estos tres hombres y si no me trae a Tarzán a como dé lugar mejor pásese para el otro lado y yo me quedé callado viéndolo otra vez pero después agarré güevos y a los tres hombre y me fui en dirección a la mera frontera pero bien armados y a las dos horas de caminar por la carretera me fijé que nadie hablaba así que antes de tirarnos a la montaña les dije que se pararan y después despacito les dije ese Tarzán debe ser la madre de este cabrón y desde ahorita yo voy a ser la madre de ustedes y les ordené que nos fuéramos por el lado de El Portillo y el de la brújula tomó un azimut y nos fuimos otra vez en silencio hasta que en la tarde uno dijo comamos y yo dije que no y otro dijo yo no sé para qué venimos a meternos a la mera muerte y yo le dije señor cómo se llama usted y él me dijo Gúnera y yo le dije qué no sabe que no debe protestar cuando se anda en misión de defender a la patria y él me dijo perdone señor pero a la patria la pueden defender solas esas montañas y nosotros a saber si salimos vivos de ésta y yo le contesté ya se está cagando con perdón de la palabra y él se quedó callado y yo también y allí fue que me puse a pensar en un perro que tengo en mi casa y que al estar cenando va y me pone el hocico en la pierna y yo le doy un pedazo de carne y le pongo la mano en la frente y le digo Rémington echate y se echa y me mira desde el suelo como si estuviera rezando.

Cuando ya era medio de madrugada le dije al de la brújula que cómo íbamos y me dijo que bien pero yo le dije que entonces por qué se oían detonaciones como de mortero y nos paramos a oír los pencazos y me puse a pensar que si no habían entrado por el lado de Sabanetas y le pregunté al de la brújula que si andaba algún objeto de metal cerca del aparato y él se quedó callado y después se quitó una faja con una hebilla de vaquero y a mí me entraron ganas de pegarle un tiro pero más bien les dije que podían comer mientras seguíamos avanzando y los truenos se oían cada vez más cerca hasta que en la mañanita cesó el fuego y empezaron a oírse otra porción de ruidos alrededor de nosotros y se puso a llover como el diablo y nos quedamos en una quebrada y a pesar del frío me dormí sudando y ellos también.

Cuando nos despertamos ya era bien de día y yo pregunté que quién había sido el centinela pero me acordé de que no había ordenado nada y con todas las precauciones ordené avanzar y ganamos otra colina y desde la ladera del otro lado vimos unas casas medio destruidas y una iglesia y un cementerio y vimos también que salía humo de los escombros y allí fue donde el carajo de la brújula que se llamaba Macuelizo dijo que había perdido el mapa así que agarré güevos y dije que había que bajar para ver dónde estábamos porque Macuelizo no daba con el retroazimut y uno dijo que no se veía nada de gente y otro empezó a decir que a saber si no estábamos en San Marcos y otro que no que tal vez en Guarita o en Junigual y Macuelizo dijo cállense que veo algo que se mueve y yo le dije si nos estás jodiendo te voy a meter el tubo del emeuno.

Nos desplazamos por los flancos para llegar a dos objetivos que eran una casa vieja y el cementerio que estaba al lado de la iglesia y cuando los dos se metieron a la casa los otros nos metimos en el cementerio y viendo lo que mirábamos que eran unos grandes hoyos y un montón de huesos desparramados en medio de unas cruces de palo el tal Gúnera dijo la pura granada de ciento cinco y yo le dije se me calla porque acababa de ver cerca de las puertas laterales de la iglesia y en los umbrales bloqueados por unas enormes puertas unos cuerpos de muertos recientes y eran unos indios civiles porque se les distinguían los caites aunque estaban despedazados y pegados con todo y tripas en las paredes blancas de cal entonces dimos la vuelta y empujamos la puerta principal y vimos que no había nada adentro aunque olía a estiércol y a carne podrida.

Después oímos un ruido y eran aquellos que traían a una vieja bien flaca que tenía los dientes y los ojos amarillos y que venía diciendo que la tierra estaba dura y uno me informó que en la casa había un hombre herido y que lo había amarrado porque parecía que tenía uniforme del enemigo de manera que después de mandar a Macuelizo otra vez a la colina me fui con los otros y la vieja que decía que la tierra estaba dura para ver al herido pero más para ver si había algo de comer y no había nada en el fogón sólo una olla de barro con café negro bien helado y como la vieja no dejaba de repetir la papada esa de que la tierra estaba dura les dije que hicieran una hamaca para llevarnos al herido y cuando vino el vigía les ordené que botaran todo lo que andaban en las mochilas y que las llenaran de huesos y de los pedazos de muertos que estaban en el cementerio y ya cuando estábamos otra vez en la montaña el que no había hablado ni una sola vez se paró y me dijo perdone señor pero yo quiero saber para qué llevamos estos restos hediondos y por qué no matamos a este hombre en vez de ir cargándolo y a mí me gustó que me preguntara porque estaba esperando que alguien lo hiciera y le dije que cómo se llamaba y me dijo que Patillo y yo le dije amigo Patillo a ese hombre no lo matamos porque es mi prisionero y eso que llevan ustedes en sus mochilas son los restos de Tarzán y esto se los voy a repetir bien claro otra vez que eso que llevan ahí es lo que quedó de Tarzán después de que le cayó un morterazo pero el tal Patillo se me rio descaradamente en la cara y me dijo que quién me iba a creer que ese montón de huesos eran de una sola persona y que además eran huesos pelados la mayoría y ahí fue donde me encachimbé y les dije bien despacito que esos eran los restos de Tarzán porque a Tarzán se lo habían comido los perros y seguimos caminando sin hablar.

III

Pues de seguro que el tal Tarzán sabía que el buey sólo come pechuga porque es cierto que se había desertado, aunque el teniente Vega no quisiera creerlo. Mire usted cómo fue la cosa. Tarzán y yo éramos compañeros de zona, pero yo nunca me había fijado bien en él porque era de esos jodidos que no hablan nunca y que hacen todo lo que le ordenan sin siquiera levantar los ojos.

Cuando los invasores se metieron por la parte de Nueva Ocotepeque y tomaron La Virtud y Candelaria, yo era de los que estaba en el puesto de mando de Jocotán y allí estaba también él y nos tocó hacer incursiones en las que el jodido era de los más valientes.

Yo me acuerdo que cuando el enemigo arreciaba con un enorme obús que tiraba fuego desde Montecristo y Cayaguanca él se metía en los meros hoyos que dejaba la granada para sacar a los compañeros heridos y por eso lo empezamos a conocer como el Héroe del Pedregal antes que como Tarzán.

Pero yo nunca llegué a saber realmente cómo se llamaba, ni siquiera le oí la voz alguna vez. Eso sí, que recuerdo que era un diablo para pelear y más de alguna vez creímos que estaba loco. El teniente Vega siempre lo mandaba a los sitios más peligrosos y allá iba él. Así fue como se distinguió también en Llano Largo y esto fue así, que el plan de los enemigos era meterse por todos esos pueblecitos como Tambla, Candelaria, Cololaca, Tamalá y Plan del Rancho y reunirse en La Labor y Llano Largo y como habían dicho que en setenta y dos horas iban a llegar al mar, pues iban a pasar de allí a Santa Rosa y después a San Pedro.

Los primeros que llegaron a Llano Largo nos emboscaron cuando íbamos por la quebrada y nos apretaron con una ametralladora; entonces nos dimos la escupida porque no podíamos hacer nada con nuestros fusiles emeuno y los campesinos que andaban con nosotros traían unos armatostes élfil y máuser y ahí fue donde se perdió Tarzán por primera vez.

A las horas de haber retrocedido me acuerdo que llegó apareciendo el jodido con dos fusiles getrés de veintiún tiros y el teniente Vega nos dijo que eran de los del enemigo y que con eso probaba Tarzán que había matado a dos soldados invasores y cuando nos estaba diciendo esto lo vimos cómo se ponía colorado como cuando se arrechaba o cuando se alegraba pero Tarzán no estaba oyendo cuando nos putiaba a nosotros y nos decía huevones y nosotros esa vez más bien nos pusimos a odiar a Tarzán y me acuerdo que desde ese momento ya nadie la hablaba.

Empezamos a joderlo. Cuando una vez Chivo se puso nervioso y mató un caballo creyendo que era un enemigo, todos nos pusimos de acuerdo para decir que había sido Tarzán. Lo mismo cuando encontramos a la profesora aquella que venía de San Marcos y que dijo que había dormido con Medrano y que venía feliz y le caímos como treinta y dijimos que Tarzán había dado el ejemplo, a pesar de que fue el único que ni siquiera la tocó.

Después lo anduvimos confundiendo con Conejo, que fue un jodido que andaba buscando joyas y papadas en los cadáveres y les volaba los dedos para quitarle los anillos.

A todo esto la cosa se estaba poniendo color de hormiga. La invasión se había realizado por dos frentes y el enemigo había tomado La Alianza, para ver de lograr la carretera del Sur después de pasearse por la Panamericana.

En el otro lado Ocotepeque había sido saqueada y el coronel nos había dicho que así como ellos arrancaban las tetitas de las mujeres que violaban que así nosotros podíamos arrancarle los ojos si caían en nuestro poder. Pero eso de las mujeres le sé decir que era parejo, porque la que se ponía enfrente...

Al principio creíamos que nos iba a llevar Judas pero cuando nos replegamos las montañas se quedaron donde Dios las puso y allí fue donde se desorganizaron. Ellos traían un sistema buen jodido que consistía en atacar en grandes grupos, o sea que primero se formaba el hormiguero y después se oía un silbatazo y corrían como locos gritando que viva el regimiento San Carlos, o el regimiento tal o la Guardia Nacional, pero peleaban parados y caían como moscas y siempre avanzaban gritando; por eso creímos que estaban drogados y parece que algún jefe nuestro protestó por eso y como que después ya no se siguieron drogando.

Pero siempre tuvimos que dejarles un montón de pueblos y sólo pudimos pepenarlos en El Ticante y en Las Mataras. Y el asunto es que nuestras comunicaciones estaban manejadas por morenos y zambos que se pasaban los mensajes en garífuna y misquito; por eso es que no se dieron cuenta de que se estaban metiendo en la mera boca del tigre y porque creyeron que su vanguardia y el bombardeo del catorce habían limpiado el caminito.

En El Ticante hubo un combate cuerpo a cuerpo en el que los enemigos registraron más de setecientas bajas y como ya los estábamos envolviendo fue que se replegaron y lanzaron su última ofensiva el dieciocho por el lado de San Rafael y hacia el cruce carretero de Goascorán y Langue, esto después de hacer ataques de entretenimiento por Santa Lucía y Aramecina.

Pero en estos combates simultáneos que duraron como cinco horas cada uno usamos otra estrategia y tuvieron que pedir el cese del fuego porque vieron que podíamos hacer la reconquista.

Por la tarde empezamos a ver cómo habían quedado amontonados a los lados de unos grandes buses camuflados y muertos también detrás de las trincheras que habían formado con los cuerpos de sus propios compañeros.

Usted se hubiera quedado papo de ver aquella tendalada y esto que nuestra artillería sólo era de morteros de ochenta y de sesenta, y los cañones sin retroceso eran de cincuenta y siete. Pero estos son lodos del que las usa y como al perro más flaco Dios le ayuda vino el asunto ese del cese del fuego, porque las tropas finas del ejército se quedaron atrincheradas en el frente invicto de Colomoncagua, cuidando el paso de Cabañas, Sabanetas, Yarula, Santa Elena y la carretera de Marcala que después se divide en la que va a dar a Tutule y La Paz y en la que va a dar a La Esperanza.

Pero para qué le cuento si nada sabe el chancho de freno, sólo de mierda, perdonando la palabra; y como el que nace para olote chimadura tiene, lo que pasó con el Tarzán fue que el teniente Vega como que lo jodía demasiado: que lo ponía de guardia en avanzadillas, que vigía en los sitios más peligrosos, hasta que una noche se puso a gritar como el merito Tarzán, que por eso es que le decimos así, y agarró a tiros el campamento y por obra de Dios no se echó a nadie porque estábamos durmiendo en el suelo y siguió disparando hasta que se le acabó el chifle y entonces botó el arma y echó a correr en dirección al enemigo como si quería que lo mataran y nosotros dijimos detrás de él pero no pudimos encontrarlo y el teniente Vega se puso como la gran púchica y fue cuando me mandó a mí al día siguiente para que se lo trajera.

IV

Ahí te veo, te miro, prisionero, te siento, estás, amigo mío, amigo amigo, amarrado a rama curva gravilea de sangre, sin moverte, triste mañanero, muerto de ojos de vidrio, pescuezo hinchado, polainas extendidas hasta el centro de la tierra. Avanzo, nado, por las hojas rojas pesan raspan en línea recta tuya mí, línea enemiga, trinchera sacos de lodo, ¿dónde plática de noche con vos y tu familia, casa mía taza de café, totoposte, faltriquera? Te veo, vos, te cae el uniforme made in USA cuales armas tenés a ver tu getrés, mata veinte jodidos pudre el suelo no, me arrastro, por pulgadas si me ves me matás, yo te mato yatagán te entierro en la garganta, sangre en chorros chiflador nado, trago café de sangre, te mato mato, salto mirás y quedo aire en vaso de agua, sangre siempre que se mira caminemos de la mano, sombrero junco petate caite que te ves pantalón remendado, aruña filo de la mata otra vez cuchillo entierro, chorro chiflador lo trago nado, y llego al fin a tu bota lodo, tu lengua fuera yo no he sido ahorcándote, ni lengua arde ardiente, aguardiente, vamos juntos chupa en el mercado mulas amarradas y fondeamos caminito del cerro y las hojas de los pinos se me meten otra vez cuchillo te degüello saltan tus dientes, vos, me muerden en los ojos, te torturo, enemigo, tela verde, forma de hombre igual que piernas y brazos míos que me despedazan en granada.

Marchamos línea recta a la derecha sargentón, decime hijueputa la recluta, ¿cuántas novias y el ungüento de soldado, sudando baño a las tres de la mañana? Caminemos camino del lodo blanco sucio y el zacate agarrate los pinitos, el abismo Himno Nacional acorde firme madre patria te caés y me llevás a la mera muerte despacito para abajo ruido de agua jadeando como perros vos llorando de la verga que andás y me llevas a la muerte no te suelto pelo liso, del pescuezo te meto la uña larga sale sangre te agarro los hoyos de la nariz, casco duro el sol jodido mediodía no hablés oíme por mi hija, por mi madre, por mi nana subite por mi cuerpo que nos vamos al barranco, poco a poco, vos, babeame el pecho la cara trago tu saliva guaro subí jueputa, maldito, tirate en el camino, quedo llorando quejidos de perros me pesa el pecho ya no te odio no tengo ganas de matarte, el traspaso de mandos, general en la galera, sol durísimo, siete horas, nueve horas, días, parado firme, meta el culo saque el pecho mil culucas, calabozo hediondo revolcándome en la mierda, voy, avanzo, día bonito trapeador, son las salvas para el día del soldado, cañonazos de saliva podrida y oigan el país del oro y del talento cuna, gracias, pueden retirarse, otra vez la formación este es caballo epónimo firme la trinchera con las tripas descosidas, estás colgado de las tripas, la neblina, qué jodida payulo muerto, ojos hartos grietas, mocos secos, sangre, pescuezo, hinchado, manos duras, huesos, ni mirás como me levanta esta fuerza de fuego metralla y en el aire, agua cascada chiflador de sangre, amigo, enemigo, piel oscura, pómulos salientes, fatiga verde olivo que estás Dios mío, Dios mío sobre la tierra negra, duro como palo encebado, juguemos arrancale el pescuezo al pato del guancasco, la cabeza siento que me vuela se me meten las balas, salvame que estás bebiendo agua en el casco color capas de hojas de pino, serpiente caminera ayayay pegado está al cielo de fondo niebla, dura tierra, dura vieja andate con tus dientes amarillos a otra parte mirás, vos, enemigo mirada desde arriba, medio lado, tenés brillo pegado aleteás mirada de veinte metros, golondrina negra que cala, rodar no quebraste un brazo, tengo el veneno de sangre el vientre partido salvame estoy herido sólo vos, vos, sírvanos doña que soy millonario, la mula amarrada en el mercado, otra vez el viaje hacia el abismo bordeando un cementerio a la madrugada fuegos de colores en las tumbas, te deslizás y voy con vos pulgada por pulgada, caemos en el aire agua sacás foto das en el clavo, ojo con sangre y subo por tu cuerpo saco almágana, cuchillo gran reata te digo amigo que risa vamos a sacar un esqueleto, estamos locos como pocos días, en el mercado comimos y pimienta orégano decime calaguala, saltos en el pecho como si tuviera un gran ladrillo y llegó al fin vos, de verte despacio para ver como sos y que tenés la misma cara mía indio abestiado verde olivo debajo del pellejo, te matraqueo el fusil que anda rondando la muerte en esta niebla se me escurre el casco, sólo sos mi prisionero nada Tarzán más que yo jodida la que le pegué con los huesos podridos y estoy temblando en esta tierra dura y brilla la explosión de la granada y vuelo por el aire agua retumba y me despierto.

V

Me desperté con la boca ácida y temblando de frío, pero me fui a la quebradita y metí las manos en aquella agua helada y las tuve allí sin decir nada y qué iba a decir, pero estuve así hasta que me di cuenta de que estaban congelándose.

Todavía estuve allí pensando no sé qué, es jodido eso de estar cuidando un individuo, no vaya a creer, sólo porque le han dicho que es un prisionero de guerra que no debe ser tocado, hasta que me di cuenta de que la pistola tenía el seguro y un tiro a esas horas.

Así que abrí unas latas y me las comí, y bebí de la catimplora y después me metí en la hondonada para ver si venían mis compañeros y estuve viendo el chorro y la quebradita que saltaba y la neblina que se iba para arriba y el sol lindo dándome en la cabeza.

Me estuve tocando la cara como pendejo para sentirme unos canutos que me punzaban los dedos y estuve viendo el agua lechosa y el barro blanco, hasta que llegaron. Venía primero Guanizales todo sonriente y yo le dije pude haberte pegado un tiro que no hablás y él me dijo no jodás que la guerra ya terminó y por qué no te alegrás, y después llegó el teniente muy agradecido porque le había entregado los restos a los padres de Tarzán y le dije ya sé que la puta guerra terminó y me dijo cómo lo supo el muy idiota y después que me dieran algo de comer y que venía un observador a observar al prisionero y yo me estuve riendo un poco mientras me decían que por qué no lo había matado quedito antes de que llegara este gringo y yo pegaba, esa vez, se lo juro, no sé por qué, la cara en la tierra sintiendo lo helado y mordiendo el zacate frío y gritando que se fueran a la mierda y uno me apuntaba en el momento en que bajaban a aquel hombre tieso silencioso.

Fundador:
JULIAN LÓPEZ PINEDA

AÑO XXII   Nº 6934

JUEVES 10 DE JULIO DE 1969

REPUBLICA DE HONDURAS
AMERICA CENTRAL

TEGUCIGALPA, D. C.

El Día

Diario Libre - Doctrinario - Informativo

MIEMBRO DE LA SOCIEDAD INTERAMERICANA DE PRENSA

Obispos de El Salvador y Honduras en El Amatillo

Por Guillermo Pagán S.

El martes pasado, en horas de la mañana, se reunieron en la aduana del Amatillo, sector salvadoreño, los señores Obispos de Honduras y El Salvador.

Delegación de Honduras

La delegación de nuestro país estuvo presidida por el Excelentísimo Señor Arzobispo de Tegucigalpa, Monseñor Héctor Enrique Santos, acompañándolo el Excelentísimo Monseñor Jaime Brufau Obispo de San Pedro Sula y Monseñor José Carranza Chevez, Obispo de Santa Rosa de Copán.

Delegación de El Salvador

Por El Salvador presidía la delegación Monseñor Pedro Arnoldo Aparicio y Quintanilla, Obispo de San Vicente, representante personal del Señor Arzobispo de San Salvador; Monseñor Benjamín Barrera y Reyes, Obispo de Santa Ana, Monseñor Francisco J. Castro Ramírez, Obispo de Santiago de María; y Monseñor Lorenzo Graziano Obispo de San Miguel.

Comunistas en el problema?

Los periodistas interrogaron a

Pasa a la Página 2 Letra S

Autoridades eclesiásticas de Honduras y El Salvador han hecho llamados de cordura a los Gobiernos y pueblos hoy en conflicto.

Estudiante detenido en el DIN

A la redacción de EL DIA se presentó el bachiller Jaime Berríos Hernández, estudiante de la Escuela Superior del Profesorado "Francisco Morazán", para denunciar una arbitrariedad, que en contra un familiar suyo han perpetrado las autoridades del Departamento de Investigación Nacional (DIN).

Expresa nuestro informante que desde el domingo anterior a su hermano, el profesor Rubén Berríos H., catedrático del Instituto "Guillén Zelaya", se en-

Pasa a la página 4 Letra Z

PEN CLUB POR LA CENTRO AMERICA

cas y amenaza con la dolorosa tragedia de una guerra entre pueblos que se suponía eran hermanos, correspondiendo a Honduras, en este caso, para recordar con un símil la leyenda bíblica, la alu-

Pasa a la página 4 Letra A

Organizaciones

ALGODONEROS SALVADOREÑOS NO HAN SUFRIDO PERDIDAS EN REGION SUR DE NUESTRO PAIS

La Cooperativa Algodonera del Sur Limitada ha demostrado que es completamente falso que industriales salvadoreños dedicados al cultivo del algodón en la zona sur de la república, hayan sufrido pérdidas a raíz de la situación creada por el Gobierno de aquella república vecina.

En Carta Pública dirigida a la Cooperativa Algodonera Salvadoreña Limitada el 9 de julio en curso la Cooperativa Algodonera del Sur Limitada.

"Con profunda pena y extrañeza sin límites, hemos leído en "La Prensa Gráfica" correspondiente al día 7 de julio de 1969,

el pronunciamiento que esa Cooperativa hace al pueblo salvadoreño y relacionado con supuestas pérdidas que algodoneros originarios de esa país han sufrido en Honduras.

Decimos que con profunda pena, ya que la insinuación cooperativista jamás debe prestarse a un escrúpulos que han aprovechado un simple partido de futbol para tejer un armazón de maniobras alrededor de una nación que solo ha sido noble, cariño y entrega para los extranjeros que residen en ella. Y decimos que con extrañeza porque no puede existir nada más falso como el hecho de asevera que en lo más leve, ya sea en lo material como en lo personal por la contrario, no hay un solo salvadoreño dedicado al cultivo del algodón que pueda atravesar a él con tales mentiras, que en Honduras no se le haya prestado la cooperación plena, moral y económica para desenvolverse en sus labores algodoneras, prueba de ello es el hecho de que el Banco Nacional de Fomento de más de un año ha tramitado año con año y con éxito solicitudes de crédito para estos señores, con garantías que serían aceptables,

Pasa a la página 2 Letra U

ECUADOR APOYA CONVOCATORIA DE ORGANO CONSULTIVO DE OEA

El Gobierno de la República del Ecuador ha acordado apoyar la inmediata convocatoria del "Organo Consultivo" de la Organización de Estados Americanos, para que intervenga en la solución del conflicto hondureño-salvadoreño.

El anterior fue informado anoche en Tegucigalpa por el Embajador del Ecuador ante el gobierno de Honduras.

El Consejo de la OEA se reúne hoy jueves 10, en la Unión Panamericana en Washington, para resolver sobre el particular.

— "El Gobierno ecuatoriano —nos manifestó anoche su Embajador aquí— "estima que no significa prejuzgar el asunto de la partes en disputa, que el Consejo actúe como órgano provisional

conforme al artículo 52 de la Carta de la OEA y se faculte al Presidente para que integre una comisión sacrificadora a lo que deberá asignarse las funciones que se estimen adecuadas en la situación que afronta Honduras y El Salvador".

— "Ecuador" —agregó el Embajador— "abriga la esperanza de que el conflicto hondureño-salvadoreño encontrará solución mediante el empleo de los medios pacíficos y para cuyo objetivo hállase dispuesta a prestar la asistencia en cooperación debida".

De esta manera el gobierno ecuatoriano ratifica su inquebrantable posición de utilizar, con la mayor celeridad posible los instrumentos regionales que existen para preservar la paz en América.

Tranquilidad en la Frontera

FUNDADOR:
JULIÁN LÓPEZ PINEDA

AÑO XXII   Nº 6691

LUNES 7 DE JULIO DE 1969

REPÚBLICA DE HONDURAS
AMÉRICA CENTRAL
TEGUCIGALPA, D. C.

El Día

Diario Libre - Doctrinario - Informativo

MIEMBRO DE LA SOCIEDAD INTERAMERICANA DE PRENSA

Absoluta Tranquilidad en Frontera Hondureño-Salvadoreña. Ráfagas de Metralla de Soldados del Vecino País en Caucaron Bajas. Alta Moral Militar y Civil. Efectivos Hondureños a 5 Kms. de Frontera. Serenidad Militante y Alerta.

Por
Andéar Serfanueda y Zelaya

Tropas hondureñas a cinco kilómetros de la frontera

★ "Una invasión a Honduras agravaría el problema": López Arellano.
★ El pueblo hondureño todo, se haría morir.
★ El partido de fútbol no fue el origen del conflicto.

Por Donaldo Castillo Romero

El Presidente Oswaldo López Arellano contestó las numerosas preguntas que le formularon más de treinta periodistas de México, Guatemala, Nicaragua, Costa Rica y Panamá.

El Sr. Julio A. Zúniga, administrador de la aduana de El Paz fue el primero en percatarse del ametrallamiento del avión de Sahsa por elementos militares salvadoreños.

Cancillería estudia propuesta de los Ministros centroamericanos

HABLAN DE CONSIGNA COMUNISTA

MIAMI, EE. UU. julio 7.

LO QUE DICE LA PRENSA CENTROAMERICANA

MAÑANA LLEGA LA COMISION DE LOS DERECHOS HUMANOS

SALVADOREÑOS PROHIBEN ENVIO DE PRODUCTOS MANUFACTURADOS

No se descarta un encuentro armado con los salvadoreños

Por Danilo Arias Madrigal

Danilo Arias Madrigal entrevista a miembros del Ejército Nacional y a particulares en Ocotepeque y en toda la zona salvadoreña.

CON PREMEDITACION FUE ATACADO AVION COMERCIAL EN OCOTEPEQUE

SANCHEZ BUSCA MEDIACION DEL GOBIERNO COLOMBIANO

BOGOTA, julio 7. — (UPI).

Un disparo de la GN Observar, el efecto.

AVIONES DE HICIERON IN

Por Danilo Arias Madri

Abastecimiento de agua en tres poblados de Yoro

Periodistas desarme d

EL CUENTO DE LA GUERRA

1

¿Qué cree usted que contiene esa miserable caja?...
Mi última desdicha, pero también mi esperanza última y para siempre. ¿Que me van a terminar con un asunto como ese? ¡No, Señor!... No. Porque yo conozco muy bien a Pichardo; lo conozco con todos sus setenta y pico de años enfrente de mí, y con su cara de caballo viejo, sus ojos de pesado caballo sangriento, su pelo plomo y rojo. Yo conozco muy bien a Pichardo, honrado como el mejor, y paciente; porque no me va a decir que Pichardo le hizo un mal, lo que se llama mal, a nadie; antes bien con los favores en las manos, con los favores rápidos como la lezna, como el martillo y la patemico, como el olor del cuero curtido, qué me va a decir...

¿Cree usted que me voy a poner a pensar que me han hecho una broma absurda? Ni en eso. Sólo no pienso. Eso es todo.

Lo único que sé es que el que hizo posible esto tiene el cerebro podrido.

¿Qué quién lo hizo? ¡Yo que sé!... ¡Podrido! Pero me dio una alegría que no se imagina. La alegría de tener el recuerdo del hijo en ese paredón de cal, en ese cerro de cal en donde vamos a abrir un hoyo para enterrar la caja del cerebro podrido, del último acto del cerebro podrido que trató de terminarme el alma, la caja de no sé quién que es como un regalo para mi vejez.

Imagínese, que puedo visitarlo cuando quiera, ¿y quién me va evitar que esté toda una tarde arrodillado enfrente de un agujero de cal? ¡Nadie!... Ni el cerebro podrido.

Sé lo que le digo, amigo; yo conozco bien a Pichardo, y no crea que le hayan dado en parte mortal. Pichardo ya tiene costra, como dicen.

Ya con sus setenta y pico de años, no sabe por qué le han hecho esto; pero agradece, sí señor; Pichardo no puede correr como antes; por eso agradece que le dejen esa caja en lugar cercano, para caminar por las tardes con este paso lento, viendo las viejas piedras del camino, reconociendo cada señal de esta calle pisoteada, viendo para abajo, que es como le gusta estar viendo.

Porque antes, cuando lo puyaban, Pichardo saltaba como la culebra barbamarilla, aunque si no lo puyaban, Pichardo siempre estaba sin molestar a nadie. Pero fíjese cómo son las cosas, cuando quería que todo estuviera en paz venían y empezaban a puyarlo.

Que porque no iba a la iglesia era que era anticristo y porque andaba en sindicatos era comunista, y que porque no andaba en los asuntos del partido era contrario y un montón de cosas inventadas para puyar a Pichardo; hasta que Pichardo huía, porque evitar, ya sabe usted…

Por eso es que la vida de Pichardo ha sido una vida bien vivida; desde que era un animal con el hacha en esos aserraderos de Yoro, hasta que se reventaba los dedos desyerbando en los algodonales de Usulután, porque, ¿no cree usted que se le puede hablar de cualquier cosa aquí donde me ve? Pues en eso estamos...

Se le puede hablar de la explotación de los pencos en los bananales porque en esos bananales Pichardo dejó la salud cuando envenenaba bananos en la bacadilla de las Guarumas; y se le descolgó este brazo cuando cargaba racimos de sol a sol en los muelles de Tela y de Puerto Cortés, y a más de un mandador se le vino la mierda al pescuezo delante del guarizama de Pichardo, aunque después tuviera que andar de finca en finca y aunque tuviera que cambiarse de nombre.

Por eso se le puede hablar de la explotación de los campeños. Pero también se le puede hablar de la nacencia del maíz, porque Pichardo tuvo varias montañas en las manos, y sabe de beneficiar café porque estuvo años en Ateos, y sabe de armas porque se las vio negras cuando la matanza de Hernández Martínez y cuando los liberales le volaban reata a las tropas de Carías.

Hasta de casabe y tapado se le puede hablar, porque Pichardo estuvo con los morenos en los morenales y aprendió la lengua y se voló a más de una bella negra lisa de aceite de coco.

Y ahora, qué. Un hijo perdido y el otro muerto; muerto sin cuerpo y sin vida, si me lo permite, porque esa es la verdad: muerto sin cuerpo.

Siempre he tenido algo que me pesa en el pecho. Es

una falta de saber para qué sirve. Pero ahora la pesadez se me viene porque de pronto estoy sabiendo que vivía para que otros vivieran, no sé si me entiende, pero así es. Ahora que veo esa caja cómo la llevan en hombros para el camposanto me parece que la pesadez se me pasa al hombro caído, al hombro éste que ando cargando sin vida desde hace más de treinta años sin saber en qué hoyo va ir a parar. Porque mire qué vida: dieciocho años en la Compañía y los demás en los montes...

Cuando yo me vine para Honduras no sabía ni cómo me llamaba; me hice zapatero, que es mi oficio, aunque le pueda hablar de todas las cosas que saben los instruidos, los profes y los leídos.

Me crie en burdeles y barracones y tengo hechos los huesos para el frío de Santa Tecla y para el infierno de la Costa Norte. He estado seis días en el mar para pescar dos miserables jureles que necesitaban mis hijos para comer. He sacado chuntes comemierda de los inodoros de Puerto Cortés para lo mismo. Me he jugado mil pesos al chivo y he ganado y he perdido en una sola noche de chinamo sin que me pese el alma. Y he peleado con machete y con puya con los que andaban buscando cicatrices. Miles de mujeres. Miles...

Hasta que me amansé en La Lima, cuando me endamé y me metí de lleno en los caminos verdes de las fincas. Y fíjese, dieciocho años después con casa y comida, con piscina en el Club Sula, con cine y escuela para los cipotes, con frazadas y leche. Nada... ¡Nada! En la sábana decía: "UFCo.", en la casa, lo mismo. O sea que cuando me metí al asunto de la huelga y me puse a oír cuando el profesor Valencia nos gritaba "mis camisudos", mientras comíamos guineos verdes mañana, tarde y noche, cuando me puse a pedir, con miles de hombres hambrientos, una cosa mejor para llevar medianamente la vida, va la Compañía y hace la rebaja.

Miles de hombres hambrientos le pasaron el hambre a sus mujeres y a sus hijos y yo, ¡en el aire! Después de dieciocho años en los que metí mi juventud en los lodazales y en los criques, con mujer y hijos ¡nada! Sólo la ropa con que andaba y sabiendo de pronto cómo me llamaba. Sólo eso. Después, que la haciendita en la planada podrida que no usa la Compañía y, como si fuera poco, la llena que se lo lleva todo.

Días enteros en el techo de la casa vieja viendo pasar hombres y animales podridos; viendo pasar agua roja y apestosa.

Perdí mujer y hijos. Dicen que una se hizo puta, que el otro borracho, y salvo al pequeñito para que ahora, con ese cuento de la guerra, me vengan a decir que se perdió en la frontera, que murió como un héroe o que cayó prisionero, que se lo llevaron para exhibirlo en las vitrinas de San Salvador o que está perdido en las montañas de Lempira...

Dieciocho años perdidos antes de que me diera cuenta. Sólo respondiéndome que me llamaba tal por cual y que ese era mi nombre... Imagínese, con agua y aire que no es de nadie sólo de la Compañía. ¡Agua y aire!

Así es que hui otra vez. Pichardo huyendo porque evitar, ya sabe usted... Me encuentro con esa mujer que va ahí con la cabeza de lado. Dos hijos más.

Mírela, anciana y todo, no ha hecho más que ladear la cabeza. No le ha oído usted ni un solo llanto. Igual que yo, no sabe lo que está pasando. Por qué va esa caja ahí moviéndose como en el Santo Entierro. No sabe por qué le llevaron ese pedazo de su carne para que sirviera de carne de a saber qué perro. Y yo, que ahora ni sé cómo se levanta del suelo un guarizama…

Pero no crea que con el cuento ese de la guerra se han paseado en Pichardo. Si le perdieron un hijo y al otro se lo entregaron sin cuerpo y sin vida, si me permite, como si se lo hubieran comido los zopes, no le han arrancado las ganas de vivir. Sabe qué hacer…

¿Por qué me ve aquí sin lágrimas y caminando detrás de esa caja? ¿Por qué cree usted? ¿Porque de los restos del hijo se alimenta el padre? ¡No!...

A Pichardo no le han arrancado el alma todavía. En esa caja lo que hay es… Lo que va en esa caja, no sé si me va a entender... Hay algo que no entiendo muy bien; me parece que en esa caja miserable va mi última desdicha, y al mismo tiempo, algo me pesa otra vez en el pecho, suavemente, como una alegría que me invade poco a poco. Ya no es ninguna broma absurda, le aseguro.

Ni pienso que alguien tiene el cerebro podrido. Lo único que me confunde es esta paz que salta como enardecida con cada latido de mi corazón, esta paz que se convierte en rabia y otra vez en paz en una sucesión que me está matando...

Perdóname el silencio hijo. No es que llore. Sólo quiero estar contigo este momento. Perdóname el silencio…

2

"Entierro lento, tu no entierro, cortejo inútil, hijo, no hijo, pequeño hijo empequeñecido con huesos extranjeros, huesos sin patria, huesos excavados. Mira, hijo, estés donde estés, este silencio duro alrededor de tu sitio invadido. Mira, cuencas que no encajan en tus ojos, risa abierta en esas calaveras sin tu alegría muerta, agujeros de sífilis y mordeduras de serpientes en antiguos huesos endebles, huesos inocentes sacados a la fuerza de cualquier tierra, tirados hacia tu identidad, encerrados sin permiso de Dios en caja ajena; ¿qué es entonces lo genuino, si el féretro te pertenece por todo lo que está sucediendo a su alrededor y los huesos que se mueven entre las paredes reclaman también sepultura? ¿O son huesos del cielo o del mar los sustitutos de tu cuerpo?

"Oye, hijo, los pasos pequeños de la gente, respetuosos con la tierra, rozándola para sembrar llanto, escogiendo piedras, pasos con mirada, miradas terrestres, vé directo a sus ojos, miradas que nunca has visto, caras temerosas del día. Mira los perros callejeros ladear la cabeza, con ojos de hambre, ojos verdaderamente tristes, sin preguntas ante el paso de la gente, extrañando el silencio y la patada, gris esta tarde nunca tuya eterna…

"Nadie habla, en efecto; tienen retraída la lengua por miedo y respeto hacia la muerte, forma extraña de humillarse, todo extraño este entierro sin propiedad, en este cortejo múltiple de cristiana justicia para los muertos inútiles, olvidados, que tienen ya tu nombre. Hijo lejano despojado de tu nombre, mira, las ventanas se abren y arrojan vaho negro y caras repentinamente tristes, mira la tristeza hipócrita inocente viendo tu caja nunca descanso eterno y después mi cara sucia de sombra, sin rastro de lágrima que busca, por nadie, sólo lejano buscándote el llanto. Ves a tus amigos, antiguos niños de cometas y hondas asesinas, haciendo más lento el paso, creyendo que son sus últimos pasos, sus obligados pasos, alargados lentos, con la caja pesada de farsa, ni amistad ni odio, carga inútil para ellos, creyentes, con fe en sí mismos, en su gesto de dolor fingido, caras tontas, te ríes de tus amigos si lees su pensamiento, ni uno sólo recuerda tus defectos, lamen las alabanzas amigos repetidos, los huesos de un ser imposible, con tres manos incompletas, mandíbula de viejo, de mujer o de algún indescifrable animal de rapiña, como ellos, gusano de ocho patas, sombra grotesca. Nos reímos juntos detrás de mi cara estéril, sin llanto y sin risa, imaginando cuántas costillas en ese esqueleto ridículo, disfraz de feria, bailando desenfrenado, traqueando sus columnas para hacernos reír, vieras conmigo, si estuvieras, hijo hueso ausente, figura de dos cabezas, cabello de vieja fibroso pegado aún con carne a un lado de una frente, la otra calavera deforme, de niño o de lobo, de niño de hambre alargada, de lobo descarnado, no te imagino, niego, misterio y realidad, estás y no estás.

Sonrío. No vendrás ni siquiera al verdadero entierro mío, mi entierro de huesos viejos verdaderos. Con las mismas caras circunstanciales, amigos y extraños estrenando mirada lastimera. El mismo cura sobre la caja, como en caballo, tirando latines y aguas benditas, diciendo secretos para muertos sin iglesia, pequeña justicia que llega tarde, con el incienso flotando en las naves, con el tufo de la gente de sudor negro y ahogado el llanto verdadero, estertor.

"El llanto de tu madre, llanto mío por su llanto terrible que se escapa a través del silencio, a través de las llamas verdes de las velas sobre la caja infame, la infame suplantada con sonidos de campana, llena de ecos de voces desgarradas, aullidos metálicos escapándose en el aire, voces calientes hacinadas entre los huesos bendecidos. Silencio de respeto para esa cruz engañada, para los que creen sobrevivirte y tapan con su cuerpo el llanto indiscreto, haciendo el favor de socorrer el llanto de tu madre, llanto seco.

"Y muy cerca manto negro. Seda débil sobre una bella cabeza atormentada, palidez de joven llanto rojo, pálidas manos bellas que tocan la fría caja, caricias fúnebres de la novia que esperaba, caricias guardadas para la sangre y regadas ahora a las cenizas. Piel que nunca recibirás, piel sin ti, perdida piel y temblor de labios perdidos todos los besos no dados, el aliento cálido de los besos nunca salidos para siempre, tu no amor, perdido como tu rostro recuerdo, adiós en besos rezos para nadie, quemando su pecho en la última emoción, aprovechándose de ella el momento silencioso de recuerdos contigo. Triste momento, hijo vivo, hijo prisionero, exhibido a la curiosidad pública entre zapatos y collares, momia de soldado de cuerpo extraño, uniforme raro, arma terrible, con tu nombre y grado, con tu número de serie de muertos en el pecho con goma, hijo de aliento ajeno empañando el cristal, el vidrio irrompible de tu prisión, prisionero muerto en el tiempo.

"La tristeza dos veces falsa. Las frases con aliento alcólico y el dolor estafado para siempre. Tus amigos crujen debajo del féretro con veinte pedazos de cuerpo. Tu escolta de honor, indígenas de paso ancestral, movimientos maquinales en uniforme nuevo, presentación tétrica, sudor de gala. Cerro blanco y verde. Verdaderas cruces cerca del vientre de tus restos fingidos, del vientre de tus huesos sobrantes. Farallones a lo lejos. Coronas podridas, aros oxidados. Viejos muertos amigos, nuevos amigos para esta soledad.

"Salvas. Pólvora vacía de muerte. El adiós pervertido. Ruido burlón. Ataúd que ladra a tus huesos apretados por viejos pedazos de gente podrida. Paladas de tierra, brazos sudorosos con verdaderos huesos con médula.

Miro el movimiento vigoroso y me pesa el sombrero en las manos y siento dolor agudo en el hombro. Mira cómo sale la tierra y la cal húmeda, la nada para la nada, lodo hueso eterno para la cal ajena. Silencio...

"Un silencio que me hiere la sangre como el llanto agudo de las mujeres, la novia y la hermana que gritan, los perros que ladran, el viento que se burla, el frío que llega con la tarde, tu madre con la cabeza caída hacia el fondo de este hoyo, la caja llena de rabia que baja, los lazos que chirrían en la piel de todos, hijo perdido en dos partes para siempre y la esperanza cómo echan las paladas y ladra la tierra sobre la caja negra, la tierra regalada, donada en sangre de guerra, sangre extraviada.

"Todo termina de pronto. Se llevan a la anciana muerta del cuello torcido, a la novia virgen esperanzada, a la hermana sin amor nombrado. Se van los amigos deslizándose a recordar tu apodo a otra parte y seguir con el guaro, bajan los guardias su enorme peso de metal y lo arrastran con su cuerpo. Se van todos, los perros ladran la verdad desde lejos. Quedo sin tiempo, a la cabecera de esta tumba que veo, que deseo escupir y pisotear...

"El viento suave entre las cruces privilegiadas. El sol amarillo vela tus restos. Tu cruz nueva estrena su propia iniquidad, mi cerebro en llamas, mi corazón enfermo latiendo de prisa en mi hombro muerto, en mis puños atados, y la rabia en mi pecho es también un cadáver ajeno buscando las tumbas de los cerebros podridos que me hicieron esto, para sacar lentamente los pedazos de sus ancestros hasta dar con el cadáver culpable, para mezclarlos con otros cadáveres, con huesos de buitre asesinado por el hambre.

"Así estoy, hijo cercenado solo, sin tu compañía confusa, sin tu figura que se acerca con el frío, solo y contigo, estés donde estés, con tu certeza cada vez más dolorosa, con tu cuerpo que veo a través de la tierra, con algo tuyo blanco y sangriento, con tu figura de pronto, cercana y escapada, intermitente, que viene y se va, que me pega parches en el alma...

"Solo y tú amarrado a esta tarde, abarcando con tus brazos mi empequeñecida figura, azotando mi cabello con tu aliento frío. Y tu olor conocido, nuevamente de improviso, te ríes y hablas, surges enfrente y me hablas, te desvaneces y cobras cuerpo total sin dejar de mirarme, ojos brillantes de fiebre, hijo. Sudas y tiemblan tus manos. Largas manos con fiebre que limpian de llanto mis ojos. Mis lágrimas finales mi llanto revelado, tenazas que saltan de mis ojos. Que salen de mi pecho desgarrándome la garganta. Hijo encontrado, pequeñito soldado agradecido. Qué puedo hacer ahora por ti, que das perdón de tal manera, adorado hijo en cuerpo y alma, sombra de cuerpo presente. Qué puedo hacer si no es recoger este puñado de tierra, esta sagrada tierra que beso y riego con llanto, esta cal y tierra limpia exacta...

"Recoger este puñado de tierra y lanzarla con toda mi alma, tirarla sobre tu tumba, sobre esta nueva tumba descubierta por mí, por este descubridor tuyo desde el principio hasta el fin y desde ahora hasta el infinito... Qué hago hijo mío, si sólo puedo mover mi brazo vivo para esto. Acepta entonces esta tierra, tierra de mi sangre, puñado de mi carne, con todo el amor de tu padre, con este supremo esfuerzo de mi vida...

Ahora ya sé bien cómo se llama Pichardo. Sé que ya no puede manejar un guarizama. Sé que tiene la mitad del cuerpo muerto y que se ha quedado sin hijos por el cuento ese de la guerra. Pero sé también que no le han dado en parte de muerte y que tiene motivos nuevos para vivir. Y, ¿quiere usted saber lo que había en esa caja que llevaron en hombros hasta el camposanto?... Yo mismo no lo sé. Y no importa. Un secreto, tal vez solamente un infinito silencio.

ATAQUE DE MORTEROS EN OC

RIVERA LOPEZ EXPLICA EL PROBLEMA CON EL SALVADOR A PRESIDENTES DE LOS CONGRESOS

Nuestras tropas contestan fuego de los agresores

El Gobierno de Honduras por este medio pone en conocimiento de la ciudadanía, que el día de hoy tuvo en las carreteras a las seis (6) de la mañana fuego antiaéreo en sus elementos unos fuerzas de El Salvador en Occidente, contestando a la acción nuestras tropas.

El Presidente del Congreso Nacional, abogado Mario Rivera López, en amena charla con el Presidente de la Cámara Legislativa de Costa Rica, Licenciado José Luis Molina Quesada.

COMPAÑIAS AEREAS INTERESADAS EN DAR SERVICIO A TEGUCIGALPA

Fundador:
JULIAN LOPEZ PINEDA

AÑO XXII   Nº 6937
LUNES 14 DE JULIO DE 1969

REPUBLICA DE HONDURAS
AMERICA CENTRAL
TEGUCIGALPA, D. E.

El
Diario Libre

Persiste la ac del Gobierno d

ADHESION DE ORGANIZACIONES AL GOBIERNO DE LA REPUBLICA

Abastecimiento de agua potable en Teguajal, Yoro

Gobierno n resolución

Listos para astronautas

Consejo de OEA conoce la agresión a nuestro suelo

Apolo 11 e

REFUTA UN REPORTAJE DE "THE ECONOMIST" EL CORRESPONSAL DE REUTERS EN HONDURAS

Autoridades de policía buscan a José Amador

PAULO SEXTO

Su Santidad el Papa Pau

COMERCIANTES INESCRUPULOSOS SUBEN PRECIOS DE LOS VIVERES

AGRESION A NUESTRO PAIS

Fundador:
JULIAN LOPEZ PINEDA

El Día

Diario Libre - Doctrinario - Informativo

AÑO XXII   Nº 6930

MARTES 15 DE JULIO DE 1969

REPUBLICA DE HONDURAS
AMERICA CENTRAL
TEGUCIGALPA, D. C.

MIEMBRO DE LA SOCIEDAD INTERAMERICANA DE PRENSA

En el momento mismo en que el gobierno salvadoreño de la de julio de 1969, precisamente al Consejo de la OEA se la reunión de relaciones entre cubano-Honduras y... El Salvador, atacaba de concretarse la proclamación de los Derechos del Hombre.

Al mismo tiempo en que el gobierno de Fidel Sánchez Hernández...

RESPALDO AL GOBIERNO DE LA COLONIA ITALIANA CAPITALINA

Ocho ciudades hondureñas atacadas por Fuerza Aérea

Carlos Holguín, Presidente Consejo OEA, washington D.C.— Con el riesgo se digne hacerle del conocimiento de los Estados Miembros me permito comunicar a Vuestra Excelencia que hoy a las 6.25 p.m. hora local la Fuerza Aérea Salvadoreña atacó ocho ciudades hondureñas, Santa Rosa de Copán, Ocotepeque, Choluteca, Nacaome, Amapala, Juticalpa, Catacamas y la capital Tegucigalpa...

andilleros salvadoreños robaron limentos en aldea de Santa Inés

PUEBLO DE HONDURAS SE CARACTERIZA POR SU RESPETO AL DERECHO AJENO Y HOSPITALIDAD

"Al pueblo hondureño lo ha caracterizado siempre su respeto al derecho ajeno, el cumplimiento de sus obligaciones internacionales y su innegable buena fe" dice el ciudadano Presidente de la República, General Oswaldo López Arellano.

RESTAMO DEL BANAFOM PARA 'UCAREROS DE "LOS MANGOS'

mentará este año la siembra y cosecha del Ingenio Azucarero Los Mangos

Junta Nacional de Bienestar presenta informe

Tipeaje de sangre antes de donarla

RESPUESTA DE LA OEA A LA DENUNCIA DE LA CANCILLERIA

WASHINGTON, D. C. 15 de julio de 1969 —

ASTRONAUTAS NORTEAMERICANOS VIAJARAN MAÑANA A LA LUNA

WASHINGTON, 15 de julio

Ejército vela por la integridad

DATOS SOBRE LOS TERMITES
EN UNA ENCICLOPEDIA PARA NIÑOS

I

Los termites fueron bautizados así por los romanos desde que les comieron los documentos relativos a la segunda guerra púnica. En esa época la palabra "termite" no significaba el insulto mayúsculo y el terror que puede significar ahora.

Pero fueron los propios animalejos los que primero lo entendieron y por ello e instintivamente siguieron las huellas de Emilio Paulo, quien al vencer a Perseo se había llevado la biblioteca macedónica hasta la capital imperial.

Allí trituraron los textos de los sabios que hablaban ya de estructurar un solo dios indescifrable para desorientar a sus vasallos y a sus enemigos politeístas.

Después se comieron la biblioteca que Asinio Polión instaló en el *atrio libertatis* del Monte Aventino. Conocidas colecciones de Sila y Varrón se deshicieron en las fauces trituradoras. Por ello y hasta ese momento es que se declara la primera guerra contra el gusano roedor.

Augusto, para el caso, hizo construir dos grandes bibliotecas y las llenó de literatura griega; luego esperó y cuando los termites estaban atareados le prendió fuego a las bellas edificaciones con el fin de acabar para siempre con el invisible asesino de libros...

Debido a esa frontal arremetida los termites dejaron por un tiempo su afición por los manuscritos y volvieron al seno materno donde sus antepasados se habían desarrollado durante doscientos millones de años: el centro de la tierra.

Pero cuando en el siglo quinto la decadencia se abatió sobre el imperio las bibliotecas fueron clausuradas como tumbas y los rollos quedaron encerrados en cofres de madera en los estantes y sellados con precintos que indicaban su contenido, los termites emergieron en grandes oleadas.

Es la época en que fueron descubiertos por Constantino, con el gran asombro de comprobar con sus propios ojos que los romanos habían dejado miles de cofres llenos de los extraños animalejos en aquellos semiquemados edificios de inquietantes columnas.

Constantino trasladó las cajas con gran cuidado y mantuvo a los animalitos en constante vigilancia hasta que Teodosio y él mismo supieron para qué servían...

Entonces los alimentaron con toda la literatura pagana que habían requisado.

Después, cuando Roma fue saqueada por los vándalos y las bibliotecas sufrieron la destrucción por el fuego, la mutilación, el deterioro o la dispersión pudieron salvarse algunas colecciones de termites jóvenes que pasaron incólumes a la Edad Media baja, en la cual fueron utilizados para difundir la orden benedictina por todo Europa; con tanto éxito, que los agustinos, franciscanos y dominicos solicitaron la gracia de poseer alguna de esas tribus de bichos proliferantes.

El imperio de los termites alcanzó su apogeo con la entrada de San Patricio en Irlanda. Desde aquí los monjes influyeron en el continente con sus termiteros en forma de libro, y esas armas fueron las mismas que protegieron después con su oculto terror a las altísimas autoridades de la inquisición.

II

En la actualidad los termites tienen una organización envidiable e indestructible y su voracidad sigue causando destrucciones asombrosas.

Han creado un cuerpo especial armado de fuertes mandíbulas, de cabeza rectangular acorazada con una división de tanquistas y artilleros que tienen una punta perforada en su casquete, por donde arrojan un líquido viscoso que inutiliza a sus víctimas.

Cuando se traban en batalla, a veces en pleno día, entran en acción otros soldados misteriosos que tienen mandíbulas-cizalla y que forman un grupo privilegiado, el que pasa ocioso en los alrededores de las cámaras

reales, a veces firmes o colgados del techo con la cabeza hacia abajo balanceándose marcialmente, mientras las obreras los atienden con bebida y comida y el tiempo pasa interminable.

Mas, también ellos tienen poderosos enemigos. Son otros insectos mucho más acorazados y con armas mucho más destructivas, incluyendo un aguijón venenoso en la punta del abdomen.

Son las hormigas esclavistas, las que se roban los huevos de los pulgones y los incuban y cuidan, de tal modo que la progenie de los pulgones nacen en una situación de esclavitud tal que después que les parecerá normal. Por ello serán llevados a apacentar, y engordados y chupados posteriormente poco a poco hasta que no queda más que su pellejo transparente. Estas esclavistas, que en Hispanoamérica son llamadas "sanguíneas", han sido adiestradas y especializadas por otras hormigas blancas de raza superior para que se apoderen de las tierras y de las provisiones de los demás insectos.

Se ha formado así una gradación natural en este mundo de invasores: Primero los termites y otras hormigas depredadoras, cuya organización interna y sistema científico de opresión los clasifica apenas como vulgares geófagos locales y ciegos caza libros; y los grandes invasores extranjeros, las sanguíneas o sanguinarias, las que llegan incluso a utilizar a los anteriores para que luchen entre sí hasta matarse sin motivo alguno, mientras ellos esperan con paciencia el resultado final el cual será indefectiblemente un débil menos de dos que eran.

III

Cuando las sanguíneas efectúan una incursión bélica en área enemiga sucede lo siguiente:

En primera instancia tratan de rodear el termitero que han escogido como objetivo de su rapiña. Luego una vanguardia especializada sorprende y elimina a los termites aislados que cumplen misión de vigilancia en las fronteras...

La alarma, sin embargo, ha cundido, y llega hasta epicentro mediante ondas instintivas.

Todo es presa de gran agitación. El ordenamiento en los ataques vulgares que los termites han practicado en las bibliotecas llenas de literatura pagana se convierte ahora en confusión y espanto.

Los invasores terminan abruptamente el proceso de acercamiento y después todo el volumen atacante se lanza hacia delante para obtener los máximos resultados en una acción sorpresiva.

En las puertas del termitero sobreviene la matanza...

Las cabezas caen cercenadas y los cascos de quitina de los defensores crepitan taladrados por las grandes mandíbulas dentadas de los legionarios del tipo rural o "ranger" , mientras los del tipo crematogáster arquean el abdomen y proyectan su veneno desde la seguridad que proporcionan los de infantería, en perfecta punta de lanza en vanguardia.

El ruidillo del aniquilamiento parece silbido asmático que se va apagando poco a poco con dramática determinación.

En todas las galerías surge ahora como un filme en cámara disminuida una pelea silenciosa y en la más densa oscuridad. Las mandíbulas se abren y se cierran tenazmente y los aguijones se hunden en el espacio negro con la esperanza de encontrar el cuerpo deseado.

La única manera con la que los defensores y los atacantes pueden reconocerse es por el olor. Todos los animalillos furiosos llevan sobre sí, como un uniforme, el olor de su reina. Cada uno se bate ciegamente por ese olor patriótico y contra el olor adverso. Finalmente el olor de los atacantes cierne su aceite penetrante en la victoria, porque ha logrado llegar a los profundos corredores centrales, en donde un gran número de soldados se compacta y hace frente.

Esta es una guardia que muere, pero no se rinde.

A sus espaldas, los huevecillos y las ninfas –futuro de su nación– son transportados por niñeras aterrorizadas, tal vez por la última ruta que conduce a la única entrada que no ha caído en puntas de puya o en tenazas de tanque.

Delante de esa puerta otro grupo de soldados forma un tapón y mientras aprietan y rompen sus cuerpos acorazados sin algún sentido del dolor las niñeras se atropellan y corren alocadas, pero instintivamente, hacia la salida.

Entonces se intenta una ruptura del círculo de las sanguíneas las cuales, en ese momento, son incapaces de contener el esfuerzo suicida de las sitiadas.

Todos los defensores morirán.

Sobre la tierra, aparentemente sin huellas, en busca de otra tierra, obreros y niñeras huyen con sus débiles mandíbulas cargadas de tesoros.

Así terminará uno de miles y sucesivos capítulos de esta lucha por el poder, por parte de los invasores y de sobrevivencia, por parte de las invadidas, sitiadas y asesinadas criaturas y sus conquistadas naciones.

Después se formará otra vez la casta, tanto entre éstas como en aquéllas, y el sistema de gobierno volverá a ser determinado por el instituto armado (Para esta defensa hubo una efímera fusión de insectos militares con insectos civiles para defender a la propiedad amenazada)... Prevalece nuevamente la sociedad de amos y esclavos.

Así, los gusanos roedores y las sanguíneas que no se han exterminado entre sí continuarán, las primeras merodeando por las bibliotecas, como lo han hecho durante tantos años y las segundas planificando invasiones sangrientas...

Algunos científicos procuran descubrir los resortes de su intrincada organización para deducir la base de una sociedad perfecta, equitativamente justa, que pudiese servir al hombre. Mientras tanto, otros científicos aconsejan aplicar en los alrededores de los depósitos de libros, para mantener a raya a tan nocivos animalejos, venenos como el pentaclorofenol, el arsénico de sodio y la creosota.

Guerra que pelea Honduras

Fundad
JULIAN LOPEZ PINEDA

El Día

Diario Libre - Doctrinario - Informativo

MIEMBRO DE LA SOCIEDAD INTERAMERICANA DE PRENSA

AÑO XXII · Nº 6950
REPUBLICA DE HONDURAS
AMERICA CENTRAL
TEGUCIGALPA, D. C.

Iglesia Católica se pronuncia sobre conflicto

La Iglesia Católica hondureña por medio de su órgano oficial FIDES, ha hecho un importante serie declaración pública y en reciedumbre haciendo votos fervorosos y el Episcopado hondureño, ante de la lucha del pueblo y su historia de la nación, al declarar —lealismente— en toda su total del país en pleno el conflicto virulento.

Animan la paz, pero acepta con resignación y valentía la guerra relentida que los ha impuesto el expansionista vecino salvadoreño.

La guerra que se plantea es de fresa de la Libertad, Integridad y Soberanía de la Patria, lo Santo, y todos los hondureños han nacido a participar en ella.

Termina el párrafo la justicia está de nuestro.

La breve nota editorial, como dato del pensamiento de la Iglesia hondureña, lo pondo en vías de la a terminante. Reaviva la tranquilidad, en conformidad, a las dos millones de católicos que habitan en nuestro país.

Proyectos de OEA llaman país agresor a El Salvador

Tres infantes hondureños, en estado de alerta, cubren una de las múltiples trincheras desde las cuales vigilan que la tropa invasora no aumente su avance, mientras esperan una decisión del alto comando militar del país.

Washington, 20 de julio.— Se confirma de una fuente de futuro de los países del continente americano que, una fuente autorizada esta misma red al reforzar el estado en que se acumuladan los trabajos de la Organización de Estados Americanos sobre el conflicto de Honduras y El Salvador. Esta mismas, al anunciar la sesión que podría ser la decisiva en la sede de la Unión Panamericana al organización, a distribuir los proyectos de resolución que en su estricto apoyo al El Salvador. Ocho fueron patrocinados de los acuerdos de Argentina, Bolivia, Brasil, Colombia, Chile, Ecuador, Paraguay, Perú, República Dominicana, Trinidad y Tobago, Uruguay y Venezuela...

Observadores de la OEA en Nacaome

Llegada el fin de semana arribaron los observadores civiles de la Organización de las Naciones Americanas (OEA), los delicios se desplazaron hacia Nacaome...

TREINTA Y TRES MIL LEMPIRAS DIERON EMPLEADOS DE LA ENEE

Los funcionarios, empleados y trabajadores de la Empresa Nacional de Energía Eléctrica donaron el Comité Cívico pro Defensa Nacional la suma de Lps. 33,814.24, repartido entre sus salarios por el aporte voluntario de todos los trabajadores de la ENEE quienes comandaron que era la obligación hacer ese aporte a la causa de la defensa nacional.

De acuerdo con la información proporcionada a EL DIA por el ingeniero Ricardo Urrego, Gerente de la ENEE y el señor Ernesto Corda Ibarra, Secretario General del Sindicato de Trabajadores de la ENEE... Además contribuido funcionarios y trabajadores de la ENEE.

Colombia no reconoce el derecho de conquista dijo Lleras Restrepo

Por Osvaldo Castillo Romero

Los abogados Carlos Roberto Reina y Hostilio Lobo Calix, fueron designados representantes a Colombia como Embajadores Extraordinarios y Plenipotenciarios en misión especial, realizaron una labor encomiable que se hizo en nombre del pueblo hondureño, avalados por el Canciller Doctor don Alfonso López Michelsen...

Abogado Hostilio Lobo Calix, Vice-Presidente del Congreso Nacional, visitó Colombia en misión oficial dialogando con Lleras Restrepo.

Abogado Carlos Roberto Reina, Presidente del Consejo Central Ejecutivo del Liberalismo, en misión por la patria.

AGRESION SALVADOREÑA PARA CONQUISTA DE TERRITORIOS

Por ORLANDO PION NOVA

Equipo para damnificados llegó al País

Los observadores civiles de la OEA en el foro de San Pedro Sula, San José Sula y Laurel Villa...

VALLADOLID Y LA VIRTUD FUERON ARRASADAS POR TROPA INVASORA

Cámara de Comercio pide a OEA declarar agresor a El Salvador

La Cámara de Comercio e Industrias de Honduras y la Confederación de Cámaras...

RMA AL PUEBLO HONDUREÑO
omité Cívico Pro Defensa Nacional

la República, en presencia del Gabinete de Gobierno, del Jefe de las Fuerzas Armadas, de los representantes autorizados de los otros Poderes del Estado y de la

Armisticio de Honduras, en viernes 27 del mes en curso, se llevó a cabo, en el Salón Azul de la Casa Presidencial, una reunión a la que asistieron delegados de

más de cuarenta organizaciones hondureñas representativas de las buenas vivas de la banda. En tal oportunidad hubo un canbio de impresiones entre los

miembros de mayor jerarquía de nuestro Gobierno constituido y el sector que integran las orgnal, raciones empresariales, labora...
SIGUE EN LA PAGINA NUEVE

es Salvadoreños Desmienten
lios y Calumnias Guanacas

don Francisco Deering, Cónsul salvadoreño en Santa Rosa de Copán, región occidental de nuestro país.

Estas declaraciones son las

briadó cuando viajamos en compañía de Carlos Rigoberto Juárez a aquella ciudad, el pasado domingo, en carácter de enviados de la Comisión Nacional de Pro...

NO TENGO QUEJA DE HONDUREÑOS

El Cónsul salvadoreño en San...

la Rosa de Copán es un ciudadano de una edad respetable, al interrogársele sobre el comportamiento de los hondureños para con él, manifestó categóricamente, en declaraciones que se le grabaron en cinta magnetofónica: "No, no resiento nada de las autoridades civiles y militares, ellas han garantizado mi vida y las propiedades del Consulado en Santa Rosa de Copá. Estoy muy agradecido —puntualizó— la actitud observada por el Coronel Arnaldo Alvarado.
SIGUE EN LA PAG. CUATRO

OS EXPULSADOS DE EL SALVADOR
EN RECIBIDOS EN OCOTEPEQUE

Salvador, dando toda asistencia y protección necesaria a nuestros hermanos. Atentamente, Gregorio A. Chávez, Presidente Pro-Defensa Nacional, Humberto A. Pinto, se...

cretario.

— 000 —
PUERTO CORTES, 26 de Ju

nio de 1969. — Diario EL CRONISTA — La prensa salvadoreña informa que en Puerto
SIGUE EN LA PAG. CUATRO

Vecinos de Colonia "Miraflores" Firmes al Llamado Imperioso de la Patria

Tegucigalpa, D. C. Junio 30, 1969. — Sr. Miguel Antonio Fernández, Presidente Comité Central Cívico Pro Defensa Nacional. Palacio Legislativo. Ciudad.

El Subcomité Cívico Nacional de la Colonia Miraflores, por medio de a conoce a usted la adhesión en general de los actividades desarrolladas desde el momento de haberse constituido.

1. El Subcomité se instalará el día domingo 29 de junio en solemne asamblea general por convocatoria organizada por la Directiva de Residentes de dicha colonia, acto que termina a la

1:30 p. m. y en una considera, de y ratificarán conferencia 2. Este Subcomité ya constitu
SIGUE EN LA PAGINA DOCE

De las comisas fraternal, es el que le opero los que era encendido de patriotismo, tanto del primer man... de un gran número de elementos activos de la empresa privada, los sectores laborales, profesional, estudiantil, etc... integró el COMITE CIVICO PRO-DEFENSA NACIONAL.

OJALA SEA CIERTO

Calma Recomienda el Comité Cívico

Se aconseja a la ciudadanía de toda la República usar en sus pronunciamientos, discursos, declaraciones y cualquier otra expresión oral o escrita, un len
SIGUE EN LA PAGINA DOCE

GOBIERNO DE HONDURAS ESTUDIA RECOMENDACIONES DE CANCILLERES

El Gobierno de Honduras está considerando con sumo interés el pliego de recomendaciones elaborado por los señores Ministros de Relaciones Exteriores de Guatemala. Lic. Alberto Fuen

tes, Ministro de Nicaragua, Doctor Lorenzo Guerrero, y de Costa Rica, Lic. Fernando Lara Bustamante, presentados por ellos al Canciller hondureño, Dr. Tiburcio Carías Castillo, en su call

... de las instalaciones en el sentido de considerar entre nuestro país y la República de El Salvador. Por si la policía observada en todas las agentes de las na
SIGUE EN LA PAGINA TRES

ARGEN
harsamien...
cion de las...
flados en...
e Buenos...
... de
CRONISTA.

la visita del Gobernador de Nueva York Nelson Rockefeller. Funcionarios dijo...
lecina de los altos supermercados son propiedad de intereses de Rockefeller...
(Cable Foto Directo para Diario EL CRONISTA).

Cronista
IEDAD INTERAMERICANA DE PRENSA (SIP)

Diario Independiente
de la Prensa Hondureña

Director:
ALEJANDRO VALLADARES

, Centroamérica, Miércoles 2 de Julio de 1969.
III   Número 13.853

OPULI

EFINICION DE LA FRONTE URGENTE REVALIDACION DE IDENTIDAD

Int. Antonio Rosales Gullén

nunca, propicia para de los pre nuestras fronteras con si que cuente.
SIGUE EN LA PAGINA ONCE

LO QUE DIJO WENCESLAO PAZ LARA A DIARIO EL MUNDO

Alcalde P. Cortés Sigue Detenido Incomunicado

Lo que publicó "El Mundo" — Políticos de oposición aprovecharon esta coyuntura para perjudicar a Paz Lara — "Si hubiera declarado lo contrario miles de hondureños hubieran pagado las consecuencias. — Dos mensajes ya circulaban por el pueblo porteño son los encargados de incitar en el contra. — Hoja política firmada por el Comité Central del Partido Nacional — Ministros y Presidente de la República habla de borrar diferencias políticas e integración de la plantilla hondureña — Comité Cívico de Puerto Cortés es convertido en instrumento político — Detenido también Alcalde de Policía

EL CRONISTA, Redacción San Pedro Sula. — Dos días antes de su corpórea detención, el P. M. Wenceslao Paz Lara hizo declaraciones al Decano de la Prensa Nacional, sobre las declaraciones que el San Salvador hizo para diario "El Mundo", después de los bochornosos incidentes estigmatizado por la ciudadanía

de aquel país en contra de los miles de hondureños que en su calidad de fanáticos viajaron para presenciar el segundo encuentro de fútbol ce

verificado el 15 de Junio pasado.

De todos, es conocido el dificil problema que lleva hasta la ruptura de relaciones en

plantásticos entre dos países que tradicionalmente han mantenido a través de la historia, los más fraternales vínculos SIGUE EN LA PAGINA SIETE

Gustoso Daría la Vida Por Honduras Manifiesta Salvadoreño Naturalizado

Tegucigalpa, D.C. 30 de junio de 1969.

Excmo. Señor Presidente Constitucional de la República General Oswaldo López Arellano en poder decir: Soy hondureño

Señor Presidente:

"Cada cívico y lamentable a

cana por cierto! Esto, a el derin.. de los intereses, es llegando se usan.

Estoy quitado una de cumbre que nuestra alma es la misma en el orden mismo patria al caso de un hondureño SIGUE EN LA PAG. DOCE

Decir del Minuto

—Que los "guanacos" pidan 15 millones por darnos la humedad desde toda la República

La Comité Cívico Pro Defensa Nacional replica a la nación decía que no funcionan sus nom

—En 30 MILLONES DE PUN TAPIES.

Defensa en Orden Militar Corresponde al Ejército

Guardando algunas cosas la República usar en sus pronunciamientos discursos, declaraciones y cualquier otra expresión oral o escrita, un len

... cividade cívicos, a ser que este cuerpo patriótico les para coordinar los esfuerzos y apoyos del sector privado nacional, habiéndose hecho el respaldo de que profusamente serán las nor

SIGUE EN LA PAG. DOCE

e Liberal

"Emma de Bonilla" Decidido a Defender Derechos Nuestra
Integridad Territorial y la Majestad de su Soberanía

—(VEA INFORMACION EN PAG. 12)

CRÓNICA DE UN CORRESPONSAL NO ALINEADO

TEGUCIGALPA, (13, G.M.T.) Catorce de julio mffw sesenta y nueve STOP durante el sueño de los capitalinos en la madrugada de hoy fuerza aérea salvadoreña bombardeó esta pacífica ciudad STOP.

Algunas bombas hicieron impacto en los techos de las casas de las colonias aledañas al aeropuerto internacional Toncontín y quedaron incrustadas en las cornisas y láminas de asbesto sin hacer explosión; otras cayeron a unos mil metros de la pequeña base aérea abriendo enormes boquetes que aparecieron cubiertos por la tenue llovizna de la mañana. Los aviones, extraños aparatos parecidos a los que se amontonan en los incineradores de sobrantes norteamericanos en Panamá, volaron a baja altura y a velocidad moderada. Muchos vecinos vieron asombrados cuando se abrían las portezuelas y miembros de la tripulación uniformados con el mismo color que el ejército de Honduras sacaban con las manos la mortífera carga para dejarla caer sobre su objetivo.

El mismo día fueron descubiertos otros artefactos que no habían estallado, con la punta del detonador semi-enterrado en el cuerpo de unos adobes, cuando unos niños de los barrios pobres circundantes los cabalgaban alegremente. La operación de bombardeo duró apenas cuatro horas por lo cual y debido a la rapidez y a la sorpresa del ataque, la poderosa flotilla de los hondureños no pudo responder inmediatamente.

TEGUCIGALPA, (18, G.M.T.) Mismo día ésta fffwwp supo gobierno El Salvador ordenado mmm46fwp garantizar vida de los paisanos residentes en Honduras STOP.

Ha sido ordenado, en el transcurso de este día un apagón total sin que la población civil se entere a conciencia de lo que está pasando.

La alarma natural trajo consigo hechos inesperados. Algunos nuevos hondureños vieron su primera oscuridad en una precipitación del proceso biológico que obligó a los estudiantes de medicina, practicantes del hospital para menesterosos, operaciones a la luz de linternas oftálmicas y algunas personas fueron apresadas cuando hacían señales hacia el cielo encapotado con las brasas de sus cigarrillos. Sin embargo las sirenas estuvieron sonando durante toda la noche mientras las radioemisoras en cadena transmitían marchas militares en frecuencias aparentemente especiales que no pudieron ser captadas por los aparatos voladores.

TEGUCIGALPA, (según ffwppf de la guerra) Julippf quince STOP. Un comunicado de prensa de la casa de gobierno informó al pueblo que se trataba de una invasión planificada y ejecutada por las catorce familiffpnn y su ejérctthhnn de formación prusiana STOP.

El gobierno dijo hoy que el ejército salvadoreño se había lanzado a una loca aventura tras la conquista de las feraces tierras hondureñas tirando por delante, a manera de avanzada, a la llamada Guardia Nacional y a los civiles de las áreas fronterizas. Dijo asimismo que el ejército compactó filas y organizó la resistencia. Fuentes generalmente bien informadas aseguraron que el Alto Mando Militar había tenido un momento de indecisión cuando un miembro del Estado Mayor asegurara que la mejor estrategia sería dejar la defensa del suelo patrio en manos de la naturaleza, entendiéndose por esto que las altísimas montañas de la frontera se tragarían al invasor procedente de una depresión con apenas tres o cuatro vulgares alturas volcánicas.

La plana mayor, no obstante, decidió arriesgar su magnífico cuerpo bélico con la confianza insuflada por sus jefes, casi todos educados convenientemente por adiestradores norteamericanos en Fort Gullik, de la Zona del Canal.

TEGUCIGALPA, (MMFPT. M.G.T. de la guerra). STOP. El gobierno decidió hoy tomar en cuenta al poder civil para que forme los necesarios frentes de seguridad civil interna. STOP poderosa cadena radial y de televisión que forman todas las empresas independientes, incluyendo la emisora oficial llamada Honduras Radio Nacional, o algo así, montaba rápida y eficiente organización STOP.

Con cuadros de experimentados periodistas radiales se formó hoy la cadena radial al mando de un sargento en la casa de gobierno. Destacados intelectuales de la metrópoli capitalina se hicieron presentes en la sede para hacer causa común y para ayudar a redactar los comunicados y las proclamas; para orientar a la opinión pública mientras el ejército defiende las fronteras patrias.

Uno de estos comunicados dijo hoy que el móvil principal de las fuerzas invasoras era el de abrirse un corredor hacia el océano Atlántico, desde Nueva Ocotepeque hasta Puerto Cortés, para dar costa y fronteras comerciales a la pujante industria nacional salvadoreña; que por este motivo los esfuerzos del ejército defensor se concentrarían en la zona sur-occidental de Marcala, en el departamento de La Paz, para garantizar peligrosas regiones táctico-defensivas; y en la zona sur, para proteger las ciudades cercanas a la carretera Panamericana y la eventual penetración hacia la capital por la carretera que va hacia Nicaragua.

La misma cadena radial informó posteriormente que era necesaria la participación directa del pueblo en la emergente situación por lo cual millares de civiles, armados con machetes, viejos fusiles e instrumentos de labranza se dirigieron hacia las regiones indicadas.

En fuentes extraoficiales se supo, no obstante, que las formaciones invasoras habían tomado la ciudad fronteriza de Nueva Ocotepeque y varios pueblos, aunque no se asegura que esto sea totalmente cierto. Igualmente circuló la especie de que un conocido terrateniente militar de la zona estratégica de Santa Rosa de Copán había sido descubierto en la maniobra nada pundonorosa, de alterar los roles de la tropa, para enriquecerse con esas listas fantasmas, situación que mantenía vigente desde la entrada del poder militar en la pequeña república istmeña.

TEGUCIGALPA. NN.V. Tercer día de la guerra STOP. Intelectuales acampados en la casa de gobierno aseguraron causa salvadoreña corría cargo catorce familias STOP.

Se dijo que la inversión millonaria para costear 'la loca aventura militar salvadoreña', había sido hecha por las llamadas "catorce familias", las cuales se supone gobierna aquel país en forma de oligarquía.

Los mismos estrategas instaron al pueblo salvadoreño a levantarse en armas contra semejante sistema opresivo de gobierno, asegurándole que las tierras de su país les pertenecían por herencia del indio Aquino, propaganda ésta tan estimulante que provocó inmediatamente setenta y dos levantamientos populares.

TEGUCIGALPA, (6mo. Día de la guerra M. T.) STOP. La cadena radial arremetió hoy contra la Organización de Estados Americanos. STOP.

Con una inteligente propaganda a favor de levantamientos populares en el seno del país agresor y la nueva tesis de que la invasión tenía el visto bueno del gobierno lejano de los Estados Unidos de Norte América la cadena radial del gobierno hondureño empezó a penetrar en la opinión pública mundial, aparentemente interesada nada más que en el desenlace de una serie de partidos de fútbol entre estos dos países, en el sentido de que se propusiera un alto al juego.

Fuentes que nos merecen todo crédito aseguraron que una misión de la embajada norteamericana en esta ciudad había intervenido sus buenos oficios para hacer posible el estipulado de la paz hemisférica y parar la escalada que llevaba ya visos de convertirse en una revolución popular a nivel centroamericano.

Por la tarde de hoy el gobierno decidió prescindir de los servicios de los redactores de proclamas y después de agradecerles con muestras de su más alta estima los expulsó de la sede. Los nuevos redactores, esta vez locutores de altos quilates de la radiodifusión nacional, aseguraron posteriormente que los intelectuales estaban infiltrados por intereses extraños al espíritu democrático del país y del continente.

En el ínterin, las brigadas civiles de defensa interna citadina descubrieron el auge de una quinta columna salvadoreña y procedieron con eficacia militarizada a desbaratar la operación desde sus bases.

En las lejanas colonias capitalinas, sitios en que podría ser más efectiva la labor de zapa, empezaron a aparecer peligrosos delincuentes emparentados con el enemigo. Un viejo endiablado de aproximadamente ochenta y ocho años fue capturado por una patrulla de estudiantes de un instituto central de educación media, cuando procedía a hacer señales al cielo con una linterna sorda.

Los pequeños héroes trasladaron al sujeto a la comandancia de la defensa nacional más cercana, pero un infarto cardíaco terminó con la vida del peligroso individuo apenas a la salida de la colonia y tuvieron que llevarlo nuevamente para su casa.

Por otra parte, se descubrió que individuos armados con metralletas ligeras, probablemente de fabricación comunista, y desde lujosos automóviles Mercedes con placas de misión internacional, hacían ráfagas contra los grupos de vigilantes.

Hacia la madrugada, las patrullas reunieron en un solo puesto a todos sus prisioneros y comprobaron que habían seguido la misma táctica, esto es, fingirse completamente ebrios.

TEGICIGALPA. Dactor FFWWF tima de la serie STOP to día FDC guerra STOP CORRspoal PCH PL y PN STOP (18. G.M.T.) rios de la montaña informaron que ideólogos de invasión ban culpa señor Malta o Maltos.

En la tarde de hoy, cuarto día de confrontación bélica, se supo que la prensa salvadoreña instaba igualmente al pueblo hondureño a sublevarse contra una supuesta oligarquía amparada por otra supuesta dictadura militar. Los intelectuales de la radio salvadoreña informaron que la campaña se había desatado para proteger a los braceros salvadoreños residentes en este país vecino, los cuales estaban siendo objeto de vejámenes. Los locutores de Radio Nacional aseguraron que los antiguos residentes en Honduras, paisanos suyos, eran vilmente asesinados y arrojados al río Ulúa.

También dijeron que el pueblo debía compactar filas con el partido liberal socialista de oposición al gobierno castrense hondureño, lo cual fue desmentido rápidamente por este partido que aseguró no ser socialista ni de oposición. La radio salvadoreña, captada con toda precisión en esta capital, pese a la prohibición, dijo también que personeros de las compañías bananeras de la Costa Norte de Honduras amparaban la matanza en el entendido de que las tierras que necesita la actual Reforma Agraria del gobierno hondureño deberían ser las de los despojados cadáveres y no de la empresa privada norteamericana. Esto motivó la rápida acción de la Organización de Estados Americanos para detener las acciones bélicas en una zona de desmilitarización que abarcaba a los habitantes sin patria, resultantes de la densidad poblacional salvadoreña desde tiempos remotos.

De esta manera y después de cruentas batallas en las que murieron centenares de patriotas, en su mayoría campesinos la O.E.A. cumplió, una vez más, los preciosos postulados de la Carta Magna, que amparan la paz y la hermandad entre todos los estados miembros, al tenor de lo establecido en los documentos que dan vida al sistema democrático del continente, como la Carta de la O.N.U. y la Constitución de los Estados Unidos de América.

Tegucigalpa. (Serie guerra del fútbol. Empieza). Texto de las entrevistas logradas por el corresponsal en di-

versos lugares de la república de Honduras, en relación con la presente situación de crisis que vive el istmo. Nota: las entrevistas de unos publíquense en el otro país y viceversa.

UNO: Julio Alemán Arana, de Tegucigalpa, treinta años, fanático:

"Yo estuve en los dos partidos, en el que ganó Honduras en Tegucigalpa y en el que perdió en San Salvador contra la Guardia Nacional del Chele Medrano. Hasta fui de los que llegaron a El Amatillo para encontrar a los jugadores guanacos, porque aquí habíamos nombrado un Comité Pro-recibimiento y les teníamos todo preparado para que no sufrieran por alimentación ni hospedaje.

Cuando llegaron a la aduana se mostraron un poco recelosos, es cierto, pero nosotros no pudimos darnos cuenta por qué; aunque algunos de los fanáticos que nos acompañaban empezaron a decirles guanacos rateros, carteristas hijosdeputa y cosas así, pero eso se lo decían quedito para que no oyeran y yo creo que no oyeron nada.

Después del bus de los jugadores venían como cincuenta más y unos camiones hasta la pata de sombreros y banderines que tenían letreros de "Viva Honduras" y "Honduras al Mundial" y que fueron los que se vendieron hasta el último en las graderías del estadio.

Cuando el juego se realizó los jugadores de los dos bandos se portaron bien y todos los que fuimos a ver el partido también. Lo único que el público decía que mataran a los guanacos ladrones y que los dejaran a cero y cosas de esas que siempre dice la gente cuando está viendo un partido, aunque es cierto que andaban bolos y unos hacían disparos pero no creo que los hicieran contra los jugadores salvadoreños, porque podían herir a uno de los nuestros.

Total, que esa vez les ganamos y eso fue lo que los puso furiosos pero como todavía estaban en suelo patrio por eso no dijeron nada. Después del partido los jugadores y los fanáticos de ellos anduvieron por las calles de la ciudad viendo las vitrinas y yo recuerdo que nadie les dijo nada y más bien vendieron todos sus sombreros y se fueron.

Después me tocó ir con toda mi familia a la partida de San Salvador y ahí sí que nos trataron con las patas. Yo por suerte me fui donde un familiar que tengo, o sea un familiar de un amigo mío, y no sufrí nada en la estadía, pero sí a la vuelta donde me rompieron el vidrio del carro que cuesta como trescientos lempiras y me hirieron en la frente y casi me matan al niño de dos meses que lo había llevado también a ver la partida. A los jugadores hondureños los estuvieron desvelando toda la noche para que no pudieran jugar bien el día siguiente y dicen que violaron a unas mujeres hondureñas que andaban viendo vitrinas, como ellos cuando vinieron aquí.

Todavía cuando estaba entrando a la frontera nos venían apedreando unos guardias y otros hacían disparos al aire para asustarnos y algunos tiros pegaron en los buses en que venían los excursionistas, hasta que pasamos al lado de Honduras y estuvimos a salvo de su furia asesina".

DOS: Rápido Gómez. Cronista, locutor y periodista deportivo, veintiocho años, hondureño.

"Nosotros asistimos a la capital cuscatleca con la fanaticada y la delegación deportiva que representaba nuestros colores patrios. El comité de recibimiento nos llevó al hotel Intercontinental, en donde se alojaron los jugadores y algunos colegas, así como también el personal técnico, encargado del buen estado físico de nuestros atletas. Los miembros del comité nos recibieron bien, pero los guanacos que estaban hospedados en el hotel nos hicieron desde el principio una atmósfera de pocos amigos.

A mí me tocó estar en el mismo cuarto con el cancerbero que estaba en los interiores, pero a la mayoría le tocó estar en cuartos con ventanas a la calle. Así fue como pudimos observar que apenas entrada la noche llegaban unos guardias nacionales y, con el pretexto de cuidarnos, le indicaban a unos fanáticos las ventanas en que estábamos viendo hacia la ciudad. Entonces fue cuando los fanáticos recogieron unos cohetillos y morteros que estaban en un carro de la misma guardia y se dedicaron a reventarlos durante casi toda la noche para no dejarnos dormir. Cuando era bastante tarde llegó el propio general Medrano, y cuando los fanáticos le lanzaron vivas, se metió a su carro y se fue otra vez.

No puedo repetir aquí lo que gritaban los fanáticos, porque desde arriba no se oía muy bien, pero ahí se estuvieron hasta la madrugada, todo esto sin que los que supuestamente nos estaban cuidando hicieran algo para impedirlo. Al día siguiente todos estábamos desvelados y enfrente de la puerta del hotel había un montón de gente esperando a que saliéramos para apedrearnos; pero alguien nos dijo que por la noche habían violado a unas fanáticas hondureñas y que habían golpeado a otras personas y hasta que algunas habían muerto; entonces tratamos de llamar por teléfono a Tegucigalpa, para que por medio de la radio en que trabajo se supieran los oprobios que nos causaban, pero no pudimos comunicarnos porque no nos quisieron dar la línea.

El director técnico y otros encargados de nuestra selección decidieron que no se iba a jugar, pero las autoridades de la confederación dijeron que teníamos que cumplir con ese compromiso a como diera lugar. Así fue como vinieron unos carros de la policía y nos llevaron por pocos hasta el coloso olímpico. Primero se llevaron a Pantera, al Burro y al Martillo; después a Shinola y a Cucaracha, así se estuvieron llevando a todos los jugadores y por último nos llevaron a los periodistas especializados.

Allá en el *stadium* me dijo Chula que les habían apedreado el propio carro de la policía y Coyoles me dijo que no sabía si podría jugar por el cansancio que tenía; lo mismo opinaban Velocípedo y Armatoste.

Después nuestros muchachos entraron al engramado bajo la lluvia de vituperios y botellas vacías o llenas de cerveza. Cuando tocaron nuestro sagrado himno nacional los fanáticos prorrumpieron en tal escándalo que no se pudo oír ni una nota, y después que terminó el himno ellos entonaron otro al que le habían puesto una letra ofensiva para nuestra dignidad nacional.

Todavía cuando el juego había empezado no dejaban de insultarnos y habían puesto en lo alto de las graderías varios rótulos obscenos en los que destacaba uno de un cerdo con la efigie de nuestra Coneja Cardona. Perdimos el partido por motivos obvios, teníamos en contra al público y al árbitro, teníamos en contra nuestro propio cansancio y el miedo que nos infundían las amenazas.

Así fue como perdimos ese partido histórico. Cuando terminó el partido, el público enardecido se dedicó a quemar unas bolsas llenas de zacate y a tirarse botellas y huevos podridos, unos contra otros. Al fanático hondureño que le tocó estar entre las hordas fanáticas le sucedieron cosas que no se pueden decir así nomás. Todavía cuando finalizó el encuentro la fanaticada se dedicó a ofender a todo hondureño que encontraban ya a apedrear los vehículos que iniciaban su regreso.

Nosotros tuvimos el premio de un gran recibimiento en el aeropuerto internacional, donde nos esperaba un pueblo cariñoso y un presidente deportista, así como varios ministros del gabinete y la miss Honduras internacional.

Si esa noche el pueblo hondureño se desbordó por las calles capitalinas para quebrar vitrinas e incendiar negocios salvadoreños fue en justa represalia por lo que nos habían hecho. Hasta le puedo asegurar que eran los mismos salvadoreños los que andaban saqueando los negocios de sus propios paisanos, para robar todo lo que cayera en sus manos".

TRES: Adrián López, agricultor, hondureño, cincuenta y seis años.

"Yo tengo que atravesar todos los días un vado del río para llegar a la finca. Vivo cerca de Omonita y tengo que ir todos los días hasta El Progreso. No tengo nada de tierra que pelear, por eso es que no me han molestado los del gobierno; pero desde que empezó eso de la reforma agraria le han pasado un montón de cosas a compañeros míos, tanto hondureños como salvadoreños.

Primero fue lo de Las Guanchías, en donde murieron de escondidas varios campesinos que querían tierras; después fue eso de la guerra: algunas fincas quedaron peladas de salvadoreños que tuvieron que salir sólo con la ropa que llevaban puesta, dejando su casita y sus pertenencias, sus chanchitos y sus hijos, si eran hondureños.

Ver que les han matado, lo que es ver con mis propios ojos, no; pero en los últimos días yo me he estado sentado por las noches, a la orilla del río y los he visto pasar, que aunque me saquen los ojos juro que es cierto, y le sé decir que en sólo estos diítas han estado pasando más de diez por noche, y hoy que me estuve hasta la madrugada conté más de veinte. Con la luz de la luna se miraban brillantes flotando río abajo..."

CUATRO: Justo Pacheco, soldado, olanchano, veinte años.

"Los teníamos metidos en unas champas que estaban sobre unos palos, para que no pudieran escapar. Las champas no tenían ni una ventana y allí metimos hasta treinta jodidos con todo y familia. Al que queríamos acabarlo le decíamos que se fuera corriendo y le disparábamos, después lo íbamos a tirar al río. Por la mañanita los bañábamos antes de sacarlos un poco al sol; después mi coronel en persona los hacía correr alrededor de la plaza cantando nuestro himno nacional. A los que nos habían robado la tierra los mandaba a fusilar y decía que iba a repartir lo rescatado entre nosotros los soldados. Yo creo que a mí me va a tocar algo porque fue bastante lo que nos dijo mi coronel que nos habían robado. Tengo varios días de estar esperando, pero algo me tiene que llegar, porque yo también tengo mujer y hijos...".

QUE PAGUEN

2.167 MILLONES

El Cronista

MIEMBRO DE LA SOCIEDAD INTERAMERICANA DE PRENSA (SIP)

— Diario Independiente —
— Decano de la Prensa Hondureña —
Fundador: PAULINO VALLADARES
Director: ALEJANDRO VALLADARES

Tegucigalpa, Honduras, Centroamérica, Sábado 5 de Julio de 1969
III Etapa — Año LVIII — Número 13.856

Más de 2 Millones de Lempiras Produjo en Junio la Aduana de Puerto Cortés

El Administrador de Aduanas y Rentas de Puerto Cortés, señor Felipe H. Huanasreta, nos ha remitido un extenso mensaje telegráfico, en el que se deplo...

la producción periodística de Puerto Cortés en el mes de Julio. De april. el Informe Puerto Cortés... (Para EL CRONISTA) — Nº 10. Tengo el

gusto de informarle que la producción realizada en junio de este periodo pasado ascendió a la cantidad de L. 2.306.862.30, según SIGUE EN LA PAGINA 16.

"PRENSA LIBRE" DE GUATEMALA OPINA:

CRECIMIENTO
DE POBLACION "GUANACA" DEBE ESTAR EN CONSONANCIA CON ESPACIO GEOGRAFICO

En su edición del 3 de julio pasado, "Prensa Libre" de Guatemala, se refirió editorialmente al problema surgido entre Honduras y El Salvador.

El director del influyente ro-

5 AÑOS

Hoy es el Día de Venezuela. El hermano pueblo del Sur asumió en esta fecha la gesta de su Independencia. EL CRONISTA —que siempre ha contemplado en Bo. lívar el Primer Varón de la Historia— envía un fraternal saludo a la fecunda y heroica Patria de Andrés Bello y de Antonio José de Sucre.

tativo chapín, comienza así sus "Notas de Actualidad": "Por la determinación de ésta y de futuros conflictos en el área centroamericana; es decir, el aspec. to fundamental que, en lo que concierne a El Salvador, puede condicionar alarmantes".

Más adelante, el Editorial de "Prensa Libre" afirma, en forma certera, lo siguiente: "Mas no debe ignorarse el derecho de un estado a velar por el bienestar y el progreso cia, por el bienestar y el progre. SIGUE EN LA PAGINA OCHO

Por No Permitir, "Paracaidistas" Hacen Imposible Labor del Alcalde de P. Cortés

EL CRONISTA, redacción San Pedro Sula. — En cuanto salió de la cárcel portátil, el P. M. Wenceslao Paz Lara, declaró a las dos de la tarde del martes,

hora de su libertad: "No estoy en contra de la ley municipal, estoy trabajando de pura bondad del pueblo...

fue publicado por los rumores del penal portátil, violando al mismo tiempo. En este en este acondicionamiento de gente SIGUE EN LA PAGINA TRES

Una señora, salía de apurar...

OTRO LLAMADO URGENTE AL GOBIERNO.—

SALVADORE

Están Sirviendo Como Autoridades en Varios Lug

EL CRONISTA, Redacción San Pedro Sula. —A nuestra Redacción fueron formuladas varias denuncias en el sentido de que salvadoreños desempeñan en distintos lugares cargos de ca. bos custodios o alcaldes auxi. liares.

Decir del Minuto

Comité Cívico se Organiza en Marcala

El domingo —a número del Hoy en este anterior queda en-...
gausada el Comité para Defensa Nacional de la ciudad de Marca. la en la forma siguiente: Presidente: Coronel Orlando F. Molina, Coordinador: P. M. Ra. SIGUE EN LA PAGINA TRES

Aseguran que el cabo continual de la aldea de Dos Caminos, V.

Honduras, Cortés; un señor de apellido Alvenga, es originario de La Joya, departamento de Usu. lután, El Salvador. A más de que es una persona calificada, es EL JEFE DEL CONSEJO de la mencionada comunidad. ...

—Que el gobierno guanaco les cobrará los impuestos de tier ra, con sus respectivos tasas, con la tasa CATORCE por cancelarse la deuda...

Adeuda El Salvador a Honduras Por Descombro, Explotación Aguas y Pira

El Director General de Agri. cultura y Ganadería, Armando Rivera Henry, el Director Gene. ral de Recursos Forestales y Caza, Danilo Cueva Pineda y el...

Director General de Irrigación, Wilfredo Sierra Pineda, recibie. ron un revelador informe al 14. fer Ministro de Recursos Natu. rales, Ingeniero Julio C. Pineda.

en el que se detalla en forma pormenorizada, lo que el gasto de El Salvador debe a Ho. duras por el uso de tierras, la aprovechamiento negadas al de

Salvadoreño Residente Marcala Con de Compatriotas y Dispuesto a Morir

Marcala, 30 de junio de 1969. Señor Director del Diario EL CRONISTA, don Alejandro Valladares. Tegucigalpa, D. C. Señor de todo mi respeto:

Por medio de la presente me permito saludarlo muy atenta. mente y a la vez expresarle lo siguiente con el mayor...

Mediación Ofrecida Por de Centro América Deb

Surja un absurdo y hasta im. aceptar la mediación que ofre. probable por estar inamovibles cen las Cancillerías de Guatema

la, Nicaragua y Costa Rica, se la finalidad del problema crea. ...del gobierno salva. reño.

VOX POPULI

CARTA PUBLICA AL PRESIDENTE DE LA REPUBLICA Tegucigalpa, D. C. 3 de julio de 19.. ESTE ES UN LLAMADO DE ALERTA AL GOBIERNO Y PUEBLO HONDUREÑO

En la república salvadoreña gobiernan 14 familias oligá. SIGUE EN LA PAGINA TRES

Pronunciamiento del Centro Hondureño Arabe

El Centro Hondureño Arabe, S. A. de Tegucigalpa, en sesión de Asambles General Extraor. dinaria...

Urge Creación de Establ Salud en Zonas Frontera c

Crisis Que Debe Aprovecharse Para Diversificar la Producció

SIGUE EN LA PAGINA 16.
SIGUE EN LA PAGINA OCHO
SIGUE EN LA PAGINA TRES
SIGUE EN LA PAGINA TRES
SIGUE EN LA PAGINA TRES

LA "FEUH" SE ALISTA

CONVOCATORIA
Compañeros universitarios
La Federación de Estudiantes Universitarios de Honduras como SIGUE EN LA PAG. QUINCE

Ametrallan Avión Sa

"Se agrava situación. — Gobierno Hondureño confirma el ametrallamiento. — También tirotearon instalaciones aduaneras de Nueva Ocotepeque. — Soldad_
kilómetros de nuestro territorio. — Estos soldados abrieron fuego contra militares hondureños en Gualcince, Departamento de Lempira. — Aviones de la Fuerz_
salvadoreña. — Avión de SAHSA no viola espacio aéreo guanaco. — Honduras canceló el permiso a TACA.

El supuesto aéreo hondureño fue violado por El Salvador. Una patrulla de la Fuerza Aérea Hondureña, comprobó este hecho registrado a inmediaciones de la población de Gua_
lmicres de la frontera de El Salvador, dentro del Departamento de Lempira.

La Fuerza Aérea Hondureña se había abstenido hasta el momento de destacar patrullas de vigilancia aérea, en la zona fronteriza con El Salvador, con el objeto de evitar roces _
entorpecer las gestiones de conciliación iniciadas por los Cancilleres centroamericanos constituido en Comisión Mediadora.

No obstante lo anterior, ante las repetidas violaciones del espacio aéreo hondur_
curyisimo que han sido reportadas por los destacamentos hondureños de seguridad fronte_
dos aviones de la Fuerza Aérea Hondureña, con la misión de recorrer la frontera citada, _

El Cronista

MIEMBRO DE LA SOCIEDAD INTERAMERICANA DE PRENSA (SIP)

Diario Independiente
— Decano de la Prensa Hondureña —

Fundador:
PAULINO VALLADARES

Director:
ALEJANDRO VALLADARES

Tegucigalpa, Honduras, Centroamérica, Viernes 4 de Julio de 1969.
III Etapa — Año LVIII — Número 13.855

SE UNEN

Liberales y Nacionalistas de

Lanzan un Patriótico Pronu

Las autoridades departamentales y locales de los tradicionales partidos políticos de La Ceiba, departamento de Atlántida, ante hoy fechas justificadas exonificadas por turbas salvadoreñas con la manifiesta complejidad de las autoridades civiles y militares de aquel país, en donde centenares de compatriotas nuestros fueron víctimas de agresiones a su integridad física y moral, traducidas en humillaciones, violaciones a mujeres indefensas, daños a la propiedad y escarnio a nuestros sagrados símbolos nacionales, con lo que se ha herido sensiblemente el honor y la dignidad de nuestra Pa_

tria; y ante la evidencia
de un plan preconcebido
tal la invasión a nuestro_

Trabajado_
a la Orden_

El Sindicat_ Genera_
Trabajadores Marítimos
Amapala (SIGRETMA). o_
penetrado a sus más a_
liberales patrióticos, hace n_

HONDURAS CUENTA CON SIMPATIA DEL PUEBLO CHAPIN

PUEBLO GUATEMALTECO

NO CAYO EN LA REDADA DE MISIONES SALVADOREÑAS

CUYO UNICO OBJETIVO HA SIDO DENIGRAR A HONDURAS

— Escribe: —
Gerardo Alfredo Medrizo

COMO OBEDECIENDO a un
plan estratégicamente preparado, el
gobierno salvadoreño ha desarro_
llado una vasta campaña publi_
citaria en la mayoría de los

países latinoamericanos, especial
mente en Centroamérica y Mé_
xico para violar la opinión pú_
blica emitiendal en contra de
Honduras, a quienes colocan los
salvadoreños del gobierno guanaco
como la única responsable de la
SIGUE EN LA PAGINA NUEVE

El Padre de la Unión
Norteamericana

GEORGE WASHINGTON

Hoy celebra el pueblo y Gobierno de los Estados Unidos su
Fecha Magna, EL DECANO DE LA PRENSA HONDUREÑA se
une al regocijo de la gran Federación del Norte y formula
votos porque la presencia de Norteamérica en el escenario
internacional sea provechosa para la humanidad.

Ciudadanía de_
se Agrupa e_

Los que suscriben gran_
representativos de la corr_
, políticas, ascendidos
los y fuerzas vivas de_
Marcos de Colón auila_

VOX

LA PATR_

Ninguna ocasión como _
rituales de lo superior: _
sencilla, a la Patria que es_
en ella y yo hijos y metros m_
pedacito de tierra, que pr_
dón umbilical. La tierra _
que se le niegue o se le _
una madre humilde nos n_

Cámara de Comercio e Industrias Danlí
Solidaria con el Gobierno de la República

La Cámara de Comercio e in_
dustrias de Danlí, quiere dejar
estatuir su voz en estos mo_
mentos en que nuestra aduena

sia e integridad territorial se
ven seriamente amenazados por
el gobierno y pueblo salvador_
leño, haciendo un deber mostrar_

da sus propósitos al suspender
las relaciones con nuestro país,
y habiéndose hecho aparecer en
SIGUE EN LA PAG. CUATRO

Guanaco Dice_
de Sus "Habe_

SUB CONSEJO LOCAL LIBERAL "CONCEPCION GOMEZ
ARAUJO" A LAS ORDENES DEL PRESIDENTE LOPEZ A.

Tegucigalpa, D. C. 20 de junio
de 1969. Señor Presidente Consti_
tucional de la República de Hon_
duras, General de Brigada,
Oswaldo López Arellano.

Casa Presidencial. (HON la
Gran Cadena, Nacional)
Estimado señor Presidente:

La saludamos con el mayor
respeto que se merece, desea_

dole bienestar personal y éxito
numerosos en sus funciones ad_
ministrativas y gubernamentales,
estimamos a sus colaboradores
SIGUE EN LA PAGINA NUEVE

El señor Raúl Mejía R_
gana a su vida como fo_
con la justicia, el presenti_
crylotero de la Cámara DE_
POZARON DE TODOS SUS_
Como el señor Racimo_

Comité Pro Defensa de La Libertad
Comayagua, Exige Delimitación Frontera

El Comité Pro Defensa Na_
cional, del Municipio de La Li_
bertad, Departamento de Coma_
yagua, en vista de la situación
de emergencia porque atravie_
sa el país provocada por la ac_
titud agresiva e irreprimible
del pueblo y gobierno salvador_
ño, tiene a bien emitir el si_

guiente Pronunciamiento.
1º) Solidarizarnos con la actual
política asumida por el Exce_
lentísimo señor Presidente de la

República, General de Brigada
Oswaldo López Arellano.
SIGUE EN LA PAGINA ONCE

Decir del Minuto

INDEPENDENCIA
DE LOS EE. UU.

Doscientos millones de esta_
dounidenses celebran hoy 4 de
Julio, los ciento noventa y tres
años de haberse declarado la in_
dependencia que concluyó a la
colación de los Estados Unidos
de Norte América.

SIGUE EN LA PAGINA OCHO

"¿Por qué no se burca los
verdaderos orígenes de este
territorio? Eso daría bastante
prueba de que las cosas no
se inician en la partida
de fútbol el con otros rasos
sino un poco sobre el tape_
te de las discusiones. Por mi
no tomos dicho siempre que
el pueblo americano no _
tiende al orden solución de
todos los centroamericanos
PORQUE ES EL QUE MAS
NECESIDAD DE ESPACIO
VITAL TIENE y la unidad
política la daría los fueros
de Nicaragua, de Honduras
y de Guatemala"
CLEMENTE HARROGUIN
BOLAS
(La Hora) 1º de Julio, 1969

Dios te quede una ramas
que AMARGARE bien las
parrillas. ¿VERDAD GENE_
RAL...?

Salvadoreños Residentes en Honduras Apoyan a Nuestr_

(AMPLIA INFORA_

LOS HÉROES DE LA FIEBRE

Papá:

Te mando esta carta con el señor Morales o Norales, que dice que es de la avanzada de la Cruz Roja. Aquí nadie sabe quién es quién. Porque han venido un montón de civiles armados y vestidos con uniformes nuevos. Han montado varias tiendas enormes con la cruz que parece que van a servir de hospitales. Todos los camiones que están llegando traen gran cantidad de comida y medicinas.

Mi coronel está como la gran puta, porque dice que qué hace aquí tanto jodido y que por qué no se van donde está el verdadero macaneo y ya dijo que los va a sacar de aquí a tiros. Hemos recibido órdenes de quedarnos cerca de estos pueblos que fueron bombardeados porque creen que ahora viene la infantería, pero tenemos demasiado tiempo y no asoma nadie. Por lo tanto no hacemos más que limpiar los fusiles y lustrarnos las botas.

Con la llegada de estos civiles el asunto más bien parece una feria de pueblo. Todos están muy animados y mientras unas viejas que parece que son de esas gorgueras, hacen un montón de comida que se van a comer ellas mismas, hay otras que cantan y como que se meten sus tragos. Hace poco un tipo de esos me preguntó que si yo era de los enemigos o que si era de los nuestros. Yo no me pude aguantar y le dije que se fuera a la mierda si no quería que le metiera un tiro en el culo y entonces se fue diciendo que yo era un chafarote penco.

Entre los que llegaron en los camiones están unos maricones que dicen que van a presentar circo, teatro o no sé qué. Están levantando un tablado y se están pintando la cara. Hay unas mujeres jóvenes con una cara de puta que no se las quita ni Dios, que vinieron de voluntarias con los maricones y que se han dedicado a visitar las tiendas de los oficiales.

Por esa parte estamos bien aquí esperando que venga el enemigo y, aunque algunos compañeros míos quieren que los trasladen a la línea de fuego, a mí no me gustaría pues no sé lo que me va a pasar cuando le dispare el primer tiro al cuerpo de un hombre como yo.

Te cuento que no tengo muchos amigos. Casi no les hablo porque no me siento bien metido en este uniforme y cargando este montón de balas. Yo te había dicho que no me gustaba este asunto de las armas y creo que le diste instrucciones a Leonel para que me esté vigilando.

Sólo pasa encima de mí; me manda a hacer cualquier cosa con tal de que no esté de balde; me pone en las líneas de los vigías que es por donde se supone que van a llegar los enemigos, me pone de guardia y me jode en todo.

Ayer que llegamos me dijo que no me creyera que porque era mi hermano me iba a tener de niño bonito. Ojalá que esta vaina termine lo más pronto para pedir mi baja. Decile a mamá que estoy bien y que espero verla pronto. A Celina que no me toque los libros que dejé en el librero. A vos te mando un buen abrazo.

Tu hijo que te quiere

Hernán.

P.D. Decile a Celina que riegue el palo de aguacate injerto y que se acuerde de darle de comer a Huracán, que le voy a llevar un bonito de la frontera.

Papá:

No sé si recibirás esta carta. La escribo en un momento de descanso que es muy poco. Perdoná el papel y la letra. Estamos en acciones cerca de la frontera, no te puedo decir dónde porque el Cabo de avituallamiento que me dijo que la iba a llevar me aseguró que era prohibido. Fijate que hemos pasado por unos pueblos por los que ya pasaron los enemigos. La gente venía para adentro con sus chanchitos y sus cipotes panzones, casi desnudos todos, los cipotes. Esto de la guerra es más jodido de lo que yo creía. Pues fijate que cuando una mujer que encontramos nos dijo que de dónde éramos le caímos sin contestarle. Yo no lo hice, pero todos mis compañeros sí. De ahí fuimos en una avanzadilla y unos que iban conmigo me abandonaron y yo perdí mi equipo, entonces me encontré con unos muertos y eran del otro lado, así que les quité los fusiles que eran unos getrés y me metí a la montaña con dos. A poco llegué, cansado y con miedo, y Leonel les dijo que yo había matado a los enemigos. Pero yo no he matado a nadie, y no es que me crea cobarde, pero desde que empezamos a disparar por primera vez me da por cerrar los ojos y tirar a lo loco y es que, a vos te lo puedo decir bien claro, a mí no me ha gustado nunca la idea de matar a nadie, pero si Leonel lo sabe es capaz de matarme, pero hasta ahora no me ha tocado más que disparar de lejos y sólo vemos los fogonazos y oímos unos obuses enormes que creo que son de ciento cinco.
En la mañana aparecen un montón de muertos

civiles pero son de los que van con machetes por delante y le cortan la cabeza a los vigías de ellos, son de los intibucás que son perros con esa arma. También nos vinieron unos indios de la montaña de La Flor, que no hablan nada y que andan medio desnudos y que fíjate que sólo andan con unas cañas delgadas y larguísimas que dicen que tiran veneno.

Eso sí, los pueblos hieden a pudrición y todos han sido saqueados. Hasta encontramos calzones de mujer enganchados en unos palos para que los viéramos y también en la iglesia abandonada y han puesto unos rótulos los de la Brigada del Diablo y otros que parece que son los del tal Medrano en los que dicen que volverán.

Anoche nos topamos con unos que nos hablaron y nos dijeron vengan somos hondureños, pero el cabo dijo nadie se va a mover de aquí y no hablamos nada. Entonces me acordé cuando habíamos encontrado a aquellos del Cuerpo Especial de Seguridad que venían por la carretera y Leonel les dijo que se identificaran y no hicieron otra cosa que tirar y Leonel ordenó fuego y resultaron como cinco muertos de ellos que eran de los nuestros.

Pero esta vez fue el cabo el que habló y dijo que cómo se llamaba el batallón de ellos y no contestaron sólo dijeron que fuéramos que eran de los de nosotros y estuvimos allí como media hora unos frente a los otros sin hablar nada sólo con las armas montadas y como a cinco metros en la oscurana hasta que se movieron silenciosos y se fueron sin decir nada. Yo me pasé tocando el crucifijo todo el tiempo pero el cabo no me vio.

No me puedo acordar de más cosas ahorita porque ya nos van a mover, sólo te digo que nos van a trasladar para el otro frente, porque aquí van a venir los del Táctico y tal vez cuando lleguemos a Nacaome te voy a mandar otra carta y sólo ahorita esto y que me saludés a la viejita, que estoy bien por obra de Dios, y a Huracán y a Celina. A vos un abrazo de tu hijo que te quiere.

Hernán.

Papá:

Anoche me hirieron pero no es nada de cuidado, no te preocupés, ni que se preocupe mi mamá. Me agarraron cuando estaba de vigía en una guama y fijate que me agarró un miedo horrible y si no salto creo que me matan. Los otros me molestan porque dicen que grité como Tarzán y que me puse a disparar como loco.

Tengo un poco de fiebre y lo peor es que no hay nada qué comer, en la tardecita vamos a buscar gallinas para robar pero no encontramos nada porque la gente se ha ido. Sólo hay moras verdes y hojas de vacagorda y por eso no nos morimos de hambre y de sed, porque ya nadie nos manda nada de Tegucigalpa, que a lo mejor ya está en manos del enemigo.

Vos podés esconderte en la casa del tío Julián y de mi tía María Andino que está bien escondida en el monte. Esto por si recibís esta carta.

Leonel anda en misión que dicen que es un gran combate por una carretera en un lugar que se llama El Ujuste y que debe ser grande porque tienen como seis horas de estar peleando y van viniendo los heridos por montones, que es lo que vieras como pone los pelos de punta porque dan unos gritos y como yo estoy con ellos los veo que tal vez los ha levantado una granada y tienen la mitad del pecho hundido y una masa de sangre con las hilachas del uniforme y las tripas y otros que traen la cabeza en pedacitos y se pasan gritando como si los están ahogando a la fuerza.

A mí me están dando ganas de agarrar por el lado de la carretera a ver si llego hasta la casa pero estoy esperando a Leonel para decirle lo que voy a hacer y que si quiere matarme que me mate. Esto es broma no te preocupés...

Aquí la gente dice que el enemigo ya llegó hasta Puerto Cortés, por el lado de Santa Rosa porque dicen que allí no había nadie de la Cuarta Zona que era la que estábamos esperando en la región defensiva de Colomoncagua y la parte de allá del Merendón y que nunca llegaron a saber por qué. También dicen que están peleando en El Ticante y que la O.E.A. va a arreglar para que no nos sigamos matando.

Por aquí vinieron unos gringos y le dijeron al coronel que ya no tiráramos con armas pesadas porque el enemigo ya no estaba bombardeando con armas pesadas, pero el coronel le dijo que nosotros sólo estábamos abriendo hoyos para sembrar un cafetal y cuando se fueron le tiraron un tiro al helicóptero.

No te puedo decir cuándo va a terminar esto, pero las cosas no parece que van bien. Me está arreciando un poco la fiebre pero no es nada, no te preocupés.

Podés decirle a Celina que si quiere que puede leer los libros que se los regalo, y a Huracán podés venderlo que como dicen que es de raza tal vez les dan algo para que puedan moverse de donde están. Decile a Celina que no se preocupe por el palo de aguacate que estuve cuidando antes de irme, que aquí voy a sembrar un montón antes de que termine esta vaina, que aquí hay bastante abono con todos los huesos que van quedando; esto es broma nada más.

Usted cuídese, viejo, que lo quiero mucho y no quiero que se preocupe por cositas. Si le quieren hacer algo por lo del nacimiento en El Salvador dígales que usted es tan hondureño como cualquiera, que hasta tiene dos hijos muy valientes en el ejército. Conque hasta fíjese que a uno de ellos ya le dicen el Héroe del Pedregal, que soy yo.

Y ahora me despido porque estoy muy cansado y con una fiebre de lagranputa y estos que están aquí conmigo no dejan de quejarse, pero no es nada no se preocupe.

Su hijo.

Te acordás, viejo, que me dabas penca porque sólo pasaba metido en el río con los compañeros de escuela. Te acordás que me decías que no iba a servir para nada y que me fijara en Leonel que era estudiante para cadete y que yo nada. Te acordás viejo, cuando estuvimos sobre aquel techo de zinc cuando la inundación, que estuviste sin hablar por dos días y yo con Celina bañándonos en aquella agua juca mientras pasaban las vacas hinchadas y gente en cayuco, hasta que vino un helicóptero y vos le dijiste al gringo que no habían comido los cipotes que éramos nosotros. Te acordás, ¿ah?

Pues yo me estoy acordando de todas esas cosas ahorita como si me estuvieran sucediendo y se me vienen unas detrás de otras como tren que pita, oigo ese silbato duro, se me mete en los oídos y me encierra en ese humo negro, traca-traca, en los vagones de segunda quieren comprar pan, va el pan, prohibido pasar a los de primera, viejo, que estás cansado de trabajar para mantenernos, dónde está mi mamá, no la mamá de Leonel a la que yo le digo mamá, sino mi mamá verdadera, que no me hablás nunca de ella, viejo, mirá esa agua podrida, con esa espuma sucia y el sacamuertos amarrándole un lazo en la pata a aquél, y las vacas reventadas, que te creés, viejo, que aquí las cosas no son tan duras, mirá que la gente pasa con las tripas en la mano y un viejo como vos, viejo, que se va deteniendo la sangre que le sale por los ojos y esos amigos míos que no sé ni cómo se llaman helados en esa tierra mojada mirando desde esas posiciones como de baile cabeza abajo manos quebradas bailando, bailándole al cabo que te grita el sargento, el baile de la muerte, yo bailo, vos bailás, él baila, nosotros estamos vivos, y pesa este fusil, viejo, como cuando me contabas que anduviste peleando contra Fe-rrera, yo héroe ahora, héroe pedregal, viejo, que ando sacando heridos de los hoyos, muertos de ojos pelados en los hoyos, y los saco mientras me silban las balas y el sargento que me dice: no sea pendejo y yo tiro el rifle con tal de sacar un jodido, no matar, viejo, que estuve llorando porque maté una culebra cuando estaba en la escuela, una culebrita, se arrastraba creyendo que se me iba a escapar, me miraba Iris y le clavé los tacones y se me vino la sangre a las orejas y ella se fue llorando y me quedé viendo la culebrita bonita, pescuezo quebrado moviendo la cabecita y sacando la lengua llena de sangre, héroe del pedregal, si cuando cayó la granada cerré los ojos y aquellos se tiraron a un lado y la agarré con el alma en las manos y ni estalló y dijeron que los había salvado, tantos años vos, viejo, en la Compañía, tantos años, yardero cansado, todo el día, el sol, vos con aquella máquina rasrrasrrás y empujando, como sudás viejo, sudás, el sol, qué calor, yo me ahogo en tu sudor, se me mete en los ojos y estos que están chillando aquí como chanchos, degollados, están, tienen razón, dame el balde, sangre de cerdos, no me mirés, viejo que me pongo helado y pálido, que me tiemblan las manos y el cubo se está llenando de sangre en el rastro, es igual que el rastro, ves sangre y oís chillan bueyes viejos, viejo, el brazo sudor éste de la almágana que le pega en la frente y le quiebra la cabeza, sonidos huesos, viejo, andate que andan buscando a los salvadoreños, que te van a tirar al río defendete, pegale un tiro cómo voy a disparar sobre vos, viejo, si sos mi padre, qué calor que me aprieta el pescuezo estarán metiéndote la bayoneta, y cómo si no puedo moverme, soltame que no voy a matar a nadie, viejo, me duele el pecho, vieras que tengo toda esta parte llena de plomo, y la puya que se me metió aquí, cómo aguanto este dolor si soy hombre, no creás, que cierro los ojos cuando disparo, y si mato y me desmayo delante del hermano, hermanito, no me jodás, no me pongás donde me maten, no sirvo para esto, no ves, hermanito que no soy hombre como vos, que peleás y matás por la patria, yo también con los ojos cerrados diez jodidos que se pudran los pedazos en el aire, disparo, mirá cómo caen deshechos no oigo la metralla, el ruido abren la boca sale sangre, saltan para atrás como que les he dado con un pino entero doy vueltas suena verde huesos quebrados, que calor qué están bebiendo, viejo, te hace daño que llorás cuando bebés, viejo me ahoga este sudor salado, nadie viene y me estoy ahogando, no ven, sáquenme ese cuchillo que me voy con Lisandro Vega, cabrones, hártense todos esos muertos, esos niños muertos, esos colores de tierra que se están pudriendo allí, vámonos, viejo Lisandro Vega, sobre el río de la inundación, río caliente, ya ves que soy macho, que voy a dejar de vagar y de emborracharme, no te enojés, no me pegués, yo no sé lo que quiero ser, pero no quiero que me metás a la zona, viejito lindo, mamá dígale que no me meta, no me voy con Leonel no me jalés hijuelamadre, que me ahogo en este río caliente, cállense la jeta no chillen, no griten así, por favor, Dios mío, que putas estoy haciendo aquí sacando este muerto ahogado, de la pata, jalando este lazo, está duro el maldito, no pue-do llevarlo, la corriente, si lo suelto se va a enojar el viejo, sálveme alguien que me está ahogando esta agua podrida, salada, agua, sáquenme, puedo solo, soy hombre, sáquenme, este sudor caliente, sacame viejo, pero vámonos, don Lisandro Vega, vámonos..."

EPÍLOGO PÁNICO

El palacio del Cardenal Adriano de Corneto. Rebasa la Luz. Grandes ventanales. Florencia tiembla. Adriano toca con delicados dedos los aderezos de las viandas y los lleva a la boca, a la punta de la lengua. Brilla la grasa. Perniles y volatería, frutas y guisos circulantes, coloreadas mantas y adornos en la mesa cardenalicia. Alta y espaciosa sala. Terciopelos descuajados, tirados desde el techo. Un desorden mullido con el suelo brillante. Adriano tiene los ojillos apagados por el humo de las flores y las hojas en los braseros y empiezan a llegar los invitados.

Movimientos ensayados de los criados contrastan crecientemente con los gestos desenvueltos y sonrisas de los nobles. Por la gran puerta se cuelan los sonidos de los cascos y las ruedas de caballos y carrozas, campañillas y faroles nerviosos.

Suda la nariz chata de Adriano, el maquillaje concentrado en la frente astuta.

Catalina, que viene desde Francia, entra de la mano de Borja; detrás de ellos, Lucrecia; aleteo de los criados. Catalina adelanta un brazo blanco cubierto hasta el codo, la mascarilla de oro alrededor de sus ojos luce pálida; dentro, un brillo azul excitante. Adriano besa también la mano de César, luego acompaña a Catalina con elegante contoneo tieso. Como desaprensiva, Lucrecia, azul e ingrávida. César, desmañado, observa los objetos de las paredes, acaricia sus barbas hirsutas.

Pronto el salón repleto de silencio y sonrisa aristocrática, manos llenas de anillos, inclinación de cabeza, miradas de alegre desconfianza. Se reparte el salón en cubos de luces diferentes, caen sobre los invitados y se oscurecen los rincones.

Entran finalmente, Alejandro y Lorenzo; el antiguo Rodrigo ahora Papa y el otro El Magnífico, insolentes, pasan apartando cuerpos y susurros, todos se hincan de rodillas imitando a Adriano, sonríe César e inclina la cabeza, Adriano palmotea y los criados toman posiciones detrás de cada asiento. Catalina tira una rosa a los pies de su padre. Lorenzo la pisa suavemente mientras acaricia una muestra de Cellini. Lucrecia, lejos, hace un mohín y brillan sus labios gruesos, húmedos. Afuera hay una lluvia suave y el viento mueve imperceptiblemente los grandes cortinajes, dos criados cierran la puerta con no poco esfuerzo.

Después de que todos han tomado asiento hay un momento de inmovilidad, las luces de las velas reviven repentinas, la araña central toma colores refractivos. En los rincones empiezan a aparecer misteriosos personajes que toman asiento también, como en palcos, en otras dimensiones: Con los cabellos revueltos, Machiavelli, en la mano un libro y la mirada fija en César, espectral. También, con capa dorada y la tiara en el suelo, Alejandro V; Battista de Vervelli, con visibles muestras de descuartizamiento, pero vivas las pupilas y aleteantes las fosas nasales; Clemente VII, con una antorcha; Dioscórides y Avicena y muchos más, todos en expectante actitud.

Por fin César hace una reverencia y Adriano asiente con humildad; nuevo silencio. Dice César: "¡Cantárida!", todos aplauden unos con más alegría que otros. César abre la tapa de un grueso anillo recamado con piedras preciosas, derrama su contenido en el vaso de vino y lo apura, nuevos aplausos. Adriano grita: "¡Sublimado corrosivo!"; la misma reacción, apura un vaso. Entonces todos estallan en risas incontenibles, Adriano y César se abrazan y se besan. Se oye música y todos se desinhiben; en los ojos de los espectadores hay huellas de alarma.

Comienzan los criados a traer comida y bebida, todos ríen, todos comen, todos beben, sólo Lucrecia vaga aniñada escudriñando los detalles lujosos. En pleno momento de embriaguez se cuela en la cocina; al rato sale con una lista, le siguen tres criados cargados de bocadillos tapados y humeantes, Lucrecia grita: "¡Salamandra!" y todos callan; se nota una terrible consternación. César se levanta y se acerca, la besa en la boca, ella dice con un tono susurrante: "¿Mandrágora?". César ríe, todos ríen, suenan con más estrépito los músicos sus laúdes, clavicordios y vihuelas; todos se mueven, todos comen, mientras Lucrecia grita fuera de sí: "¡Stropanto! ¡Acónito! ¡Belladona!"; desgarra el vestido, muestras sus pechos y en éxtasis sexual va bajando la voz, agotada, suda, dice con un hilo de voz: "¿Lantana?, ¿Adelfa?, ¿Gloriosa Superba?", pero nadie parece reparar en ella.

Entonces hace una señal y los criados se apresuran a servir lo que llevan en los plateados y dorados azafates.

Al cabo de unos minutos todos empiezan a sentir un gran cansancio, se van apagando sus voces y su alegría, los vence un sopor arrullador. Caen, uno por uno. Lucrecia llora y su llanto decolora su bello rostro, se forman surcos en el maquillaje y se desgreña lentamente el magnífico peinado. Queda al fin, en el suelo, sollozando, sola en medio de un gran silencio.

Dentro de su cubo de luz azul Machiavelli suspira profundamente, se levanta, tira de su capa, sale con un gesto de profundo aburrimiento. Los demás lo siguen.

(Fin de El Cuento de la Guerra)

Impreso en Estados Unidos
para casasola editores

MMXIII

Cuentos para beber con un huacal de shuco
de Abigail Guerrero

Honduras, crónicas de un pueblo golpeado
de Oscar Estrada

Partiendo a la locura
de Martín Cálix

Las hijas de Xmukane:
poetas centroamericanas para el siglo XXI
de Rick Mc Callister

A vista de pájaro
de Francisco Lainfiesta
«Colección Clásicos Centroamericanos»

El vampiro
de Froylán Turcios
«Colección Clásicos Centroamericanos»

Alrededor de la medianoche
y otros relatos de vértigo en la historia
de Roberto Carlos Pérez

Framing Time
Colección de fotografías
de Mario Ramos

Dibujo sobre el silencio
de Christian Duarte

Anuncio de necesidades y razones
de Isaac Suazo Erazo

Vidaluz Meneses: Flame in the Air
Bilingual Poetry Edition
Translated & Edited by María Roof

Invisibles, una novela de migración y brujería
de Oscar Estrada

casasola

COLECCIÓN CLÁSICOS
CENTROAMERICANOS

1910

CASASOLA EDICIONES

EL VAMPIRO

✝

FROYLÁN TURCIOS

Prólogo de Helen Umaña